スマホを落としただけなのに
戦慄するメガロポリス

志駕 晃

宝島社
文庫

宝島社

スマホを落としただけなのに
戦慄するメガロポリス

主な登場人物

粟野有希 …… 都内の清掃人材派遣会社に勤めるＯＬ。

瀧嶋慎一 …… 落としたスマホを有希に拾ってもらったことをきっかけに、交際を始める。

桐野良一 …… 神奈川県警サイバー犯罪対策課の刑事。現在、内閣サイバーセキュリティセンターに出向中。

窪田逸子 …… 内閣サイバーセキュリティセンター・スタッフ。

兵頭彰 ……… 警視庁公安部の刑事。桐野が浦井とともに仮想通貨流出事件を捜査している過程で知り合った。

松田美乃里 … 桐野の恋人。

浦井光治 …… 現在脱獄中の連続殺人鬼にして、天才クラッカー。

崔淑姫 ……… 北朝鮮にて浦井の通訳、兼、世話係をつとめる女性。

富田麻美 …… 丹沢山中連続殺人事件で、浦井に殺されかけた女性。旧姓は稲葉。

富田誠 ……… 麻美の夫。麻美とともに浦井と対峙したことがある。

第一章

A

　今日のお弁当のメニューは、卵焼きと鶏の唐揚げ。それに鮭《さけ》のフレークとイクラをご飯にのせたイクラ親子丼だ。プチトマトとブロッコリーも添えられているので、赤、緑、黄、茶と見た目も華やかで美しい。誰かに見せるわけではないが、お弁当は見た目も楽しくあるべきだ。

　ランチはみんなと一緒におしゃべりしながら食べたいが、一緒にランチを食べるような同僚の女性はほとんどいない。入社直後は何度かおじさん社員とランチをしたが、いつも蕎麦《そば》や定食だし、会話は会社や上司の悪口ばかりで気が滅入《めい》る。だから今日みたいな小春日和の晩秋のお昼には、粟野有希《あわのゆき》は会社の近くにあるこの公園で、手作りのお弁当を食べることに決めていた。

　公園には同じように食事をするサラリーマンやＯＬの姿が見える。不思議なことにそれぞれが座るベンチはなんとなく決まっている。すっかり黄色くなった銀杏《イチヨウ》の木の脇のベンチに、有希もいつものように腰かけていた。

その時、スマホの着信音が聞こえてきた。

思わず自分のハンドバッグを確認するが、着信音はそのもっと下、自分の足元の方から聞こえてくる。有希がベンチの下を覗《のぞ》き込むと、黒いスマホが落ちていた。泣き叫ぶそのスマホを恐る恐る拾って見ると、十一桁の携帯番号が表示されている。

通話ボタンをタップしようと思ったが、他人のプライバシーに踏み込むようで気が引けた。黒いスマホだから男性のものだろうか。このスマホの持ち主は、一体どんな人物なのか。赤の他人の自分が出たら、本人に迷惑なことになったりはしないか。

興味はあったが、やはりここは関わらない方が賢明だ。

スマホをベンチの上に置いて、鳴りやむのをじっと待った。スマホは暫《しばら》く着信音を響かせたが、遂に諦めたようにプツリと鳴りやんだ。

箸《はし》で卵焼きを挟み、有希はちょっと考える。

このスマホをどうするべきだろうか。

交番に届けるのが常識だろうが、ここから交番までは歩いて一〇分以上もかかるので、届けている間に昼休みが終わってしまう。それに小さな交番だから、お巡《まわ》りさんがそこにいない可能性もある。

ならばこのままこのベンチに置きっ放しにしておけば、ひょっとして落とし主が拾いに来るのではないだろうか。有希はそう考えながら、水筒のお茶を一口飲んだ。

その時、再びその黒いスマホが鳴り出したのでギョッとする。

見ると、さっきと同じ番号が表示されていた。

立て続けに呼び出し音が鳴るということは、このスマホの落とし主がかけているのかもしれない。

どこでスマホを落としたかがわからなければ、落とし主は電話をかけて誰かが出てくれるのを願うだろう。場所さえわかれば取りに行けるし、郵送してもらうこともできる。しかし誰もスマホに出なかったら、そのまま電源が切れて手元に戻らない可能性もある。

有希はスマホを落としたことはなかったが、家に忘れて不便な思いをしたことはあった。スマホに頼り切っている現代人が、こんな風にスマホを落としてしまえば、それがいかに大変なことなのかはよくわかる。

そんなことを考えている間にも、ベンチの上のスマホは鳴り続けている。

隣りのベンチに座っているスーツ姿の中年男が、電話に出ない有希のことを不思議そうに見つめている。その瞬間、この電話に出ないことはとても不誠実な行為のような気がしてきた。やはりこの着信に出てあげた方がいいだろう。有希は通話ボタンをタップし、短い茶髪を揺らしてそのスマホを耳にあてた。

『もしもし』

固い男性の声が聞こえる。

「もしもし」

心なしか有希の口調も強張《こわば》る。

『すいません。このスマホ、どこに落ちていましたか』

必死そうな声が聞こえた。

「半蔵門《はんぞうもん》公園です。ベンチの下に落ちていました」

『ああ、半蔵門公園か』

腹の底から絞り出すような、何とも言えない声がする。

「このスマホはあなたの落とし物なんですね」

『そうなんです。さっきその公園のベンチで昼ご飯を食べていたんですけど、その時にスマホを落としてしまったみたいなんです』

同じベンチで有希と同じ様にランチを食べていた事実を知って、このスマホの落とし主に親近感を覚えてしまった。それに声からだけだが、本当に困っている様子が伝わってくる。何となくこのスマホの持ち主は、おっちょこちょいだが憎めない好人物のような気がしてくる。有希はこの落とし主に、もっと親切にしてあげたい気分になった。

「どうしましょうか。このスマホ」

有希は思わずそう口にする。

『すいません。あと何分ぐらいそこにいらっしゃいますか』


公園の入り口からスーツ姿の男が走ってくると、地面の餌《えさ》をつついていた鳥たちが驚いて一斉に羽ばたいた。

「どうもすいません。五分もオーバーしてしまって」

息を弾ませながら五分遅れでその男性がやってきた。恐らく二〇代後半、身長は一八〇センチぐらい、紺のスーツに青いネクタイ。今風のソフトモヒカンなのだが、髪質が固いのかトップが立っていた。

「いやー、本当にご迷惑かけてすいません」

目をしばたたきながら男は言った。

有希の心臓が高鳴った。

「大丈夫ですよ。はい、これがそのスマホですよね」

男性は土下座をしそうな勢いで大きく頭を下げる。

「あ、あああ、ありがとうございます」

有希は思わず笑みをこぼしてスマホを差し出すと、男性は何度も頭を下げながら受け取って、すぐにスマホの暗証番号を入力する。

「確かに僕のスマホです。本当にどうもありがとうございました」

自分で電話をしてきたのだから、他人のスマホであるはずがない。彼は右手で頭の後ろを掻《か》きながら、何度も何度もお辞儀をした。男の割に目が大きく、その申し訳なさそうな表情が、何とも言えず可愛《かわい》らしい。しかもスマホを落とすぐらいなのだから、相当おっちょこちょいに違いない。

「よかったー。これで午後からも仕事ができます。一時はどうなることかと思いました。本当にありがとうございました」

有希は腕の時計をちらりと見る。既に会社に戻らなければならないデッドラインを過ぎていた。ここから会社まで歩いて一〇分はかかる。午後一時ちょうどに部長も含めて全員が着席しているような職場だから、絶対に遅れるわけにはいかなかった。

「じゃあ、私はもう行かなければならない時間なので」

有希がそう言うと、男は再び土下座をしそうな勢いで大きく頭を下げる。しかしこんなに喜んでもらえるならば、有希も待った甲斐《かい》があったと思った。

「どうもありがとうございました」

有希が小走りに立ち去ろうとすると、大きな声が背中から聞こえてきた。

振り返りざまに会釈を返すが、せめて名前ぐらいは訊《き》いておけばよかったと、有希はちょっとだけ後悔する。

B

男は無口なホステスを前に、静かにグラスを傾けていた。

その隣のテーブルでは、議員バッジをつけた恰幅《かっぷく》のいい白髪頭の男性が、三人のホステスに囲まれて大きな声で喋《しゃべ》っている。

「今日は本当に腹が立った。野党もマスコミも最悪だよ。ママ、今日はとことん飲ましてもらうよ。あー、思い出しても腹が立つ」

「大臣、今日は心置きなくくつろいでくださいね」

銀座の並木通りぞいにある高級クラブ「パピオン」での出来事だった。

大声の主は桜庭隆義《さくらばたかよし》五輪担当大臣だった。与党民自党で当選八回、やっと念願の大臣に就任できたが、彼はサイバーセキュリティ戦略本部担当大臣も兼ねていて、そのせいでここ数週間針の筵《むしろ》に座らされていた。

「野党もマスコミも、人の揚げ足ばかり取りやがって。もっと政治の本質を問えっていいたいね」

パソコンが使えない。USBメモリーを知らない。ITをアイテーと言い間違えていて、さらにそのことに気が付かない。

どれもサイバーセキュリティ担当大臣としては致命的だった。野党から大臣としての適性を糾弾され、さらに度重なる失言が、連日ワイドショーに取り上げられていた。

「パソコンが使えないからといって、政治ができないわけじゃないだろう。それに野党にだって、パソコンができない政治家なんかいくらでもいるんだ。パソコンが使えるだけで大臣が務まるなら、その辺の派遣社員にでもやらせればいいんだよ」

この大臣がバッシングされているのは、なにもパソコンが使えないだけだからではないだろうなと、隣の席に座っているその男は思う。

「竜崎《りゅうざき》さん、お代わりをお作りしますね」

目の前のホステスがそう言ったので、男は軽く頷いた。

「そうですよ。パソコンなんかちょっと教室に通えば、誰でも使えるようになりますしね」

着物姿のママが桜庭に水割りを手渡しながら、励ますようにそう言った。

「ママ。まったくもってその通りだよ」

「大臣ほど日本のことを考えていらっしゃる方はいないのに。本当に最近のマスコミの風潮には腹が立ちますよね」

「本当だよ。国会答弁だって俺の発言の一部だけを切り取って、明らかに俺が失言をしたかのように書き立てる。本当にけしからん。あんなのフェイクニュースだよ、フェイクニュース」

　この銀座の店は桜庭大臣のお気に入りの店だった。ここではどんな放言をしても咎《とが》められることはなかった。

「パソコンはお使いになりませんけど、大臣はスマホをお持ちなんですよね」

　桜庭の隣に座っていた長い黒髪のホステスがそう訊《たず》ねる。その艶《あで》やかな髪の印象から、ちょっとアンニュイな雰囲気を漂わせるなかなかの美人だった。

「泰子《やすこ》ちゃん、そうなんだよ」

　その黒髪のホステスが、この店では蝶野《ちょうの》泰子という源氏名を名乗っていることを、隣の席に座っている男はもちろん知っている。

「俺はパソコンは使えないけど、スマホはけっこう使っているんだよ」

　桜庭は嬉《うれ》しそうに微笑《ほほえ》む。

「大臣。さすがですねー」

若者から見ればそれがどうしたという話だが、もうすぐ七〇歳になる桜庭にしてみれば、スマホを持っているというだけでそれは誇らしいことだった。

「実は大臣クラスの連中は、まだガラケーを使っている奴らが多いんだよ。その点、俺はスマホだからね、スマホ。やっぱりスマホはほんとに便利だよ」

「大臣のスマホはアイフォンですか、それともアンドロイド？　ファーウェイみたいな中国製のスマホは、やはり避けていらっしゃるんですか」

早くも空いてしまった桜庭のグラスに新しい水割りを作りながら、黒髪のホステスがそう訊ねる。華為《ファーウェイ》技術などの中国企業の製品を、アメリカは政府機関で使用禁止にしたが、日本もその動きに追随している。

「え？　俺のスマホ」

「はい。アンドロイドでも、ギャラクシーとかエクスペリアとかあるじゃないですか。やっぱり大臣のスマホは国産ですか」

「そうだよ。やっぱりスマホは国産じゃないとね」

そう言いながら、桜庭は胸のポケットからくらくスマートフォンを取り出した。

「大臣、少し見せてもらってもいいですか」

黒いスマホを両手で受け取ると、女は物珍しそうにそれを見る。

「大臣、このスマホ、とっても使いやすそうですね」

「そうなんだよ、泰子ちゃん。俺はスマホで写真を撮ったりもするからね」

「凄《すご》いですねー」

女が感心してみせると、桜庭は満足そうに鼻の穴を膨らませる。

「こんなにスマホを使いこなしているこの俺が、なんであんなに糾弾されるのか。まったくもって納得がいかないよ」

桜庭は水割りを大きく飲んだ。

「大臣は、ＳＮＳなんかもやられるんですか」

「うん？　ＳＮ？　ああＳＮＮね。まあＳＮＮは今度やろうと思ってたんだよ」

「あら、大臣。大変です」

「どうしたの、泰子ちゃん」

「大臣の大切なスマホ、電源が切れかかっていますよ。私、充電器を持っていますから、奥で充電しておきますね」

にっこり微笑《ほほえ》むと女はスマホを持って立ち上がる。

「ありがとう。この店の女の子は気が利くね。やっぱりママの教育が行き届いているからだね」

男は目の前のホステスの世間話に頷きだけ返し、隣の席のそんな会話に聞き入っていた。桜庭のスマホを手にして店の奥に消えて行く女を目で追うと、一瞬だけ目があった。

男が目で軽く合図を送ると、女も頷いて店の奥へと消えて行く。

金曜日の今日は特に客が多く、すべてのテーブルが埋まっている。あちらこちらから嬌声《きょうせい》が上がり、男や黒髪のホステスの行動を気にしている者はいなかった。桜庭もママとの話に夢中で、自分のスマホに何が起こっているか、まるで気にしてはいない。

今頃、黒髪のホステスは自分の鞄《かばん》から充電器を取り出して、空いているコンセントにその充電器を接続しているはずだ。

一時間もあれば桜庭のスマホはフルに充電されるだろう。しかしそれよりも早く、桜庭のスマホのデータがその充電器にコピーされ、さらに特殊なウィルスに感染する。

「竜崎さん、もう一杯いかがですか」

目の前のホステスが気を利かせてそう言った。

「いや、それより勘定を頼む」

男は不機嫌そうにそう答える。あの女が無事に任務を遂行したのならば、店にこれ以上長居をする必要はなかった。

A

「それで結局、その人の名前も聞かなかったの？」

職場の唯一の同期である美里《みさと》と、一週間前にスマホを拾った公園の同じベンチで昼食を食べていた。美里にその話をしたら俄然《がぜん》興味を持たれ、その落とし主がもう一度公園に現れないか一緒に見に行こうと言われてしまった。

「まあ、私も急いでいたからね」

有希は今日も手作り弁当だが、美里はわざわざ近くのコンビニでサンドウィッチを買って、この公園ランチに参加している。

「確かに有希が言う通り、こうやって公園のベンチでご飯を食べるのも気持ちいいね」

「でしょ。特に春や秋の天気のいい日の公園ランチは最高よ」

美里は飛び切りの美人というわけではなかったが、男性社員からの受けが良く何かと比較されることが多かった。

「結局その後、そのスマホの落とし主は一度もここに現れていないの？」

有希は首を縦に振る。あの日以降も、雨さえ降らなければこのベンチでお弁当を食べていた。

「スマホを落としただけなのに、恋がはじまったら素敵だと思ったんだけどね。有希から最初にこの話を聞いた時、絶対にその落とし主がお礼を言いに、もう一度ここに現れると思ったんだけど」

サンドウィッチを食べ終わった美里は、コンビニで買ったペットボトルの紅茶を飲んでいる。

「そんな少女漫画みたいな展開にはならないよ」

そう言いながらも、実は有希もそれをまったく期待していなかったわけではない。誠実そうだし、ルックスも良かったので、もしもそんなことがあればもう少しあの男性のことを詳しく知りたいとは思っていた。

「ひょっとしてその人は、有希が拾うようにわざとスマホを落としたんじゃないのかなと思ったんだけどね」

美里は自分で思いついたその考えを大いに気に入っていた。

「さすがにそんな面倒くさいことはしないでしょう」

わざとハンカチを落として拾わせるというナンパ方法がヨーロッパの貴族社会で、かつてあったらしい。それと同じようにスマホを拾ってもらうというのは、今っぽくていいかもしれない。

「でもだったら、もっと美人相手に仕掛けるでしょ」

　有希はそう言いながら、水筒のお茶を一口飲む。

「そんなことないって。有希は今一つ自己評価が低いけど、けっこう可愛い顔しているもん。口説きたいと思う人はいると思うよ」

　美里のそういう言葉は、すべて社交辞令として受け止めてきた。美里以外にも、今まで自分の容姿を褒めてくれた人はいたが、有希は今一つ自分に自信を持つことができなかった。有希には病弱な美人の妹がいて、親も祖父母も親戚も、何事につけても有希よりも妹を優先してきたから、自然とそうなってしまったのかもしれない。昔から中性的なファッションが好きで、髪の毛を肩より下に伸ばしたこともなかった。

「その眼鏡《めがね》を変えるだけでも、大分印象は変わると思うし、メイクももう少し派手にした方が映えるし、髪もロングの方がいいと思うけど」

　美里からは、この黒縁の眼鏡を変えるように言われていた。確かにコンタクトにするとがらりと雰囲気は変わる。さらに女性を前面に押し出したファッションやメイクにすれば、こんな自分でもそれなりになることを知ってはいる。しかし自分が自分でなくなるようで嫌だった。

「それでさ、もしもそのスマホの落とし主がここに現れて、お礼に食事でもどうですかって言ってきたらどうする?」

「どうかなー。もしもその男の人が現れてそんなことを言ってくれたとしても、やっぱり食事には行かないと思う」

「どうして」

「だって私には、哉太《かなた》っていう腐れ縁の彼氏がいるから」

有希には村田《むらた》哉太という恋人がいた。有希の高校の一つ上の先輩で、高校二年生の時に有希から告白して付き合い出した。その後八年間の交際を経て、お互いの両親にも紹介済みだ。いずれは結婚してもおかしくはないと有希は思っている。

「別に食事ぐらいはいいじゃない。そんなの浮気じゃないと思うし、そもそもいろいろな人を試すのは、今時《いまどき》の女子としては当然の権利だと思うけど」

美里は恋愛に関して奔放な考えの持ち主だった。彼女は社内の独身男性と付き合いながら、有希の上司と不倫をしていた。女は独身の若くてきれいな時に、目一杯楽しむべきだというのが美里の考えだった。本当は、有希も食事ぐらいは構わないと思っていた。哉太とは八年間付き合ってはいたので、マンネリなことは否めないし有希もいつまでも高校生のように純情ではない。

「うーん。でも、やっぱり私は多分食事もしないと思う」

しかし美里にそんなことを言ってしまうのが癪《しゃく》だった。下心があることを認めれば、彼氏がいるのに上司と不倫をするような美里の考えに同調するようで嫌だった。

「ふーん、そうなんだ。なんかもったいないなー。だけど有希ってやっぱり真面目なんだね」

　美里が白けたような顔をして、ペットボトルの紅茶を飲んだ。

「ところで有希と哉太さんって、まだ続いているんだよね」

　妙なことを言い出した。美里は哉太と面識がある。美里の彼氏も入れた四人で、ダブルデートをしたことが一回だけあった。

「続いているわよ。だって今も同じ部屋に住んでいるし」

　有希は大学二年生の時に親元を離れたが、家賃を節約するため恋人である哉太と同棲《どうせい》をしていた。

「そうなんだ。いや、それならそれでいいんだけど……」

　有希の胸が騒《ざわ》めいた。

「美里。何か知ってるの？」

「うーん、何か告げ口するようで気が引けるんだけど」

　珍しく美里が口籠《くちごも》る。

　そういえば、ここ数日、哉太の様子が変だった。妙にウキウキしていたり、夜中にこっそりスマホで誰かに連絡をしていた。

一瞬、浮気を疑った。しかし哉太は真面目なだけが取り柄のような男で、間違っても浮気をするとは思えなかった。

「実はね。この間、渋谷で女性と腕を組んでいる哉太さんを見かけちゃったんだ。しかもその腕を組んでいた女っていうのが、モデルみたいな美人だったの」

そんな馬鹿な。哉太が浮気をしていることも信じられないが、その相手がモデルのような美人というのはあり得ない。

「それって本当に哉太だったの。他人の空似じゃないの？　だってあいつがそんな美人にモテるわけがない」

「他人の空似には見えなかったな。まあ本当に浮気をしているかどうかはわからないけど、有希にこのまま何も言わないのも、友達としてはどうかと思ったから……」

その時有希のスマホに、まさにその哉太からのＬＩＮＥが着信する。

そのメッセージを読んだ後は、美里のセリフは右の耳から左の耳に抜けるばかりで、一切有希の頭に入らなかった。

C

「ワタシタチハ、アナタヲカンゲイシマス」

作戦部副部長の金康福《キムカンプク》が背の高い日本人と握手をする。副部長といってもこの国の強大なスパイ組織のナンバー2で、作戦部を実質上取り仕切っている陰の実力者だった。

「ワタシハ、ニホンゴガアマリウマクアリマセン。コノジョセイガ、アナタノツウヤクヲシマス」

金はやっと傍らに立つ自分を紹介してくれた。

「崔淑姫《チエスクヒ》です。よろしくお願いします」

「はじめまして」

長身の日本人が右手を差し出したので、淑姫はその右手をしっかり握る。目の前の男は背も高かったが、その手も大きくがっしりとしている。

「浦井《うらい》さん、いや浦野《うらの》さんですか？　私たちはここで、あなたを何とお呼びしたらいいですか」

淑姫が金の言葉を通訳すると、長身の日本人は頭を掻いて苦笑する。浦野善治《よしはる》、浦井光治《みつはる》。確かにどちらもこの男の本名ではないらしい。

「浦井でけっこうです」

一週間前に、浦井光治は平壌《ピョンヤン》に招かれていた。

北朝鮮の首都、平壌のモランボン区域戦勝洞には「朝鮮労働党3号庁舎」があり、そこにこの国の諜報機関が集結している。それまで独立していた朝鮮人民軍総参謀偵察局、朝鮮労働党作戦部、そして朝鮮労働党対外情報調査部を二〇〇九年に統合し、この朝鮮人民軍偵察総局がこの国の諜報活動のすべてを統率している。

「今後は何かとお仕事がはかどるように、私が浦井さんの通訳兼身の回りのお世話をさせていただきます」

淑姫は自分の胸に掌を当てる。日本語は徹底的に習得したので、日本人の浦井でも自分の発音に違和感はないはずだ。金から渡された浦井のプロフィール資料を参考に、まずは自分の髪を黒くて真っ直《ます》ぐな髪型にした。さらにメイクや立ち居振る舞い、そしてちょっとした仕草まで、浦井の好みに合わせたつもりだが、本当に気に入ってもらえるかどうかはわからない。

「淑姫さんは、どちらで日本語を勉強したのですか」

「大学で四年間勉強しました」

そう答えるが、淑姫が言った大学とは、日本にあるような大学ではない。選ばれた頭脳と容姿の持ち主だけが通う特殊な大学で、そして今傍らに立つ金康福は、その大学を含めたこの国のスパイ軍団のラスボスのような存在だった。

「浦井さんには、是非、我々のサイバー部隊の精鋭たちのご指導をお願いしたい」

淑姫は金の言葉を日本語に訳す。

金副部長が統括するこの偵察総局の作戦部は、各国へのスパイ行為、世論工作、そしてかつては偽ドル札作りなどの外貨獲得作戦も実行していた。

「彼らに会えるのは楽しみです。私もこの国のサイバー部隊には、少なからず興味を持っていましたから」

この国の軍隊は世界で三番目に弱いと揶揄《やゆ》されるが、核とサイバー部隊は別だった。アメリカ本土を窺《うかが》うような弾道ミサイルを開発する一方で、この国はいち早くサイバー部隊の強化に取り組んでいた。今までもこの国のサイバー部隊は、敵国の軍事情報を盗み、重要インフラを襲って社会不安を引き起こすことを度々成功させていた。

「天才ハッカーの浦井さんにそう言ってもらえるなんて、大変光栄です」

金が嬉しそうに微笑む。

「この国のサイバー部隊は、ビジネスもなかなかお上手ですね」

嫌味にも聞こえる浦井の一言に、金の顔から笑みが消える。

いくらサイバー攻撃を仕掛けても、それによって自分たちの国が豊かになるわけではない。国連が議決した経済制裁は確実にこの国を苦しめていた。

そこでサイバー部隊を使って外貨を稼ぐことを考えた。

二〇一六年にバングラデシュの中央銀行にフィッシングメールが送り付けられて、一〇億ドルを騙《だま》し取られそうになった事件があった。銀行の担当者が途中で気付き送金を中止したが、それでも八一〇〇万ドルが詐取《さしゅ》された。また二〇一七年に韓国の銀行のATMがハッキングされ、一億ウォン（約九〇〇〇万円）以上を現金化された事件もあった。さらに二〇一七年に、世界一五〇ヵ国二三万台のパソコンがワナクライというランサムウェアに攻撃される事件もあった。これらはすべてこの国が仕掛けたサイバー犯罪だと言われている。

「最近では仮想通貨のマイニングなんかもやっているようですね」

金は何も言わずにニヤリと微笑む。

二〇一九年九月の国連安全保障理事会の専門家パネルでは、この国のサイバー部隊は、二〇億ドル以上をサイバー攻撃で世界各国から奪ったと分析された。その大半は仮想通貨に関連するものだった。

「浦井さんはハッキングに精通しているばかりか、ソーシャルエンジニアリングの天才でもありますから、大いに期待していますよ」

ソーシャルエンジニアリングとは、人間の心理に付け込んで騙すテクニックのことである。詐欺師が心の隙をついて巧みに人を騙すその手法は、ネットの世界でも有効だった。

「我々に協力していただければ、浦井さんの身の安全は我が国が保証します。なにしろ我々は、世界でも数少ないＩＣＰＯ（国際刑事警察機構）の非加盟国ですからね」

日本の警察を通じてＩＣＰＯに指名手配されている浦井としては、海外のどこかの警察に捕まってしまえば日本に強制送還されてしまう。そうなれば、待っているのは死刑だった。

「ありがとうございます。この国に来てからは、久しぶりに熟睡できるようになりました」

浦井がにっこり微笑むと金も満足そうな笑顔を見せる。

「ところで私がお願いしていた件は、許可していただけそうですか」

「はて、何のことでしたかな」

「この国の最高権力者だったお二人のご尊顔を拝見し、お弔い申し上げる件ですよ。外国人にもその許可はいただけるものでしょうか」

「ああその件でしたか。我が建国の父たちのことを、そこまで思って下さってありがとうございます」

浦井はこの国の二人のカリスマの遺体を、是非とも見せて欲しいと強く要望していた。

「この国ではあのお二人のご遺体が、まるで生きているかのように保存されているんですよね」

ソ連のレーニン、中国の毛沢東《もうたくとう》、そしてこの国の二人のカリスマなど、社会主義の国々では、歴史に名を残した人物の遺体は剝製《はくせい》のように保存されることがあった。正確にはエンバーミングという技術だったが、遺体の一部を他の素材に入れ替えたり特殊な防腐処理を行って、まるで生きているように保存していると淑姫も耳にしたことがあった。

「申し訳ありませんが、その件ばかりはさすがに今すぐというわけにはいかないでしょうな」

金の言葉に、浦井は残念そうに目を伏せる。

「それはそうと浦井さん、今まではホテル住まいで何かとご不便だったでしょう。今日はこれから私が新しいお住まいにご案内しますので、そちらでゆっくりとお休みください」

B

日比谷《ひびや》の公園のベンチで、某チェーン店のコーヒーを飲んでいる女を見付けた。男はその女と同じベンチの左側に腰を下ろすと、持っていた同じコーヒーチェーン店の紙袋をベンチの脇にそっと置く。店にいたときとだいぶ雰囲気が変わってはいるが、その女は銀座のパピオンで蝶野泰子という名前で働いているホステスだった。

爽やかな秋晴れの日曜の午後、じっと寄り添う若いカップル、散歩を楽しむ老人、ヘッドフォンで音楽を聴きながらジョギングをする人など、年齢も性別も様々な人々でその公園は賑《にぎ》わっていた。

女は男に一瞥《いちべつ》もくれず、ハンドバッグからスマホを取り出す。そしてさも電話がかかってきたかのように、そのスマホを耳に当てる。

「竜崎さん。言われたとおりに、充電器をSのスマホに繋《つな》ぎました」

電話で話しているふりをして女は自分に報告する。目線は前を向いたままで、一瞬たりともこちらを見ない。最初に指導したことを女は忠実に守っていた。

「充電器は私が持ってきた、その紙袋の中に入っています」

二人が座っているベンチの間には、さっき男が置いた某チェーン店の紙袋とまったく同じものが、もう一つ置かれている。

「怪しまれなかったか」

ほとんど口を動かさずに男は言った。厳しい訓練と長年の実践で、男は腹話術師のように口を動かさずに声を出す発声技術を身に付けていた。

「多分、大丈夫だと思います」

ここまでの間、お互いに一切目を合わせてはいない。遠くでこの光景を見ている人物がいたとしても、偶然ベンチで隣に座り合わせただけの無関係な人間にしか見えないはずだ。

「報酬だ。遠慮なく受け取ってくれ」

男は持参した紙袋を、ベンチの上にある女が持参したものと素早く差し替える。ちなみに自分が持参した紙袋の中には一〇万円が入っている。

「ありがとうございます」

パピオンにこの女が現れたのは六ヵ月前だった。

水商売に不慣れな彼女は、当時一本の指名も取れず肩身が狭そうだった。そこで男は何度も意図的に彼女を指名した。頼まれれば同伴もしたし高価なボトルも入れたが、決して男女の関係になろうとはしなかった。

「Sに関しては、今後もいろいろと教えてくれ」

「わかりました」

しかし男はただのお人好《ひとよ》しではない。

女に近づいたのは、まずはあの店に出入りする政治家や高級官僚の秘密を探るためだった。そういう連中は、女の前では油断することが多かった。

「特にSの弱点のようなものを見つけたら、すぐに報告して欲しい」

「弱点とは？」

「ギャンブルが好きだとか、借金をしているとか。あとはやっぱり女関係だ。上手く話を誘導して、愛人を囲ったりしていないか訊き出して欲しい」

「わかりました」

桜庭は店のホステスと話をするのは好きだが、ママも含めて店の誰か特定の女を本気で口説いたりはしていない。外に愛人がいるかどうかはわからなかったが、あの店の砕けた雰囲気の中ならば、桜庭も気を許して何かを喋るかもしれない。

「以上だ」

そう言い終わると、女が持ってきた方の紙袋を持って立ち上がる。二つの紙袋をすり替えたことは、ベンチの向こう側からずっと見ていなければわからない。男はその方角に誰もいないことを確認し、紙袋を片手にその場からゆっくり遠ざかる。

A

「有紀美《ゆきみ》って誰」

アパートに帰ってきた哉太にその質問をぶつけると、哉太の目線が宙を泳ぐ。

「ねえ、有紀美って誰なのよ」

聞こえなかったふりをする哉太にもう一度訊ねても、ネクタイを外し黒い背広を脱ぐだけで何も言葉は発しない。

「しらばっくれないで。あなた有紀美っていう女と、浮気をしているんでしょ」

「有紀美？　有紀美。え、ええ、何のこと？　えっ、有希美って、どこの有紀美」

哉太は惚《とぼ》けた顔でそう答える。

「それは私が訊きたいわよ。哉太が今日、私と間違えてLINEを送ってきた有紀美のことよ」

「何だって？」

慌てて鞄の中からスマホを取り出し、哉太はその履歴をチェックする。

「何かの間違いじゃないの。俺、今日、有希にLINEなんかしてないよ」

「じゃあ、このLINEは何なの？」

今日の昼に送りつけられた屈辱のメッセージを表示させ、哉太の目の前に突き付ける。

『有紀美。昨晩、あんなにしたのにもうやりたくなった。次はいつ会える？』

そのＬＩＮＥの発信者は紛れもなく哉太だった。

「そ、そんな馬鹿な。何これ？　ど、どうして、このメッセージが有希のＬＩＮＥに？」

哉太は目を丸くしてスマホの画面に見入っている。

「誤解だ。俺はこのメッセージを有希には送っていないよ」

哉太は慌ててもう一度、自分のスマホを確認する。

「私には送っていない。じゃあこのメッセージを、哉太がどこかの有紀美さんに送ったことは間違いないのね」

「そ、それは……」

しまったとばかりに哉太が開いた口に手を添える。言葉でいくら否定しても、その狼狽《うろた》えぶりが何よりも真実を語っていた。

「有希と有紀美。字が似ているから、間違えちゃったんじゃないの」

「え、えええ。ええ、どういうこと？」

哉太はもう一度、有希のスマホを確認する。その隙をついて、有希が哉太のスマホを奪い取る。

「何これ。やっぱり同じメッセージを、哉太が打ってるじゃないの」

「いやいや、誤解だよ、誤解」

哉太は慌てて自分のスマホを奪い返す。

「何が誤解なのよ。ねえ、哉太。昨日、家に帰って来なかったよね。てことは、昨日の夜はこの有紀美っていう女と、浮気をしていたってことだよね」

「いや……、いやいや、本当に誤解だよ」

「こんなメッセージを送っといて、誤解もなにもないでしょう。今さらしらばっくれようっていうの」

ＬＩＮＥの誤送信ほど怖いものはない。アホの哉太は、よりによって一番送ってはいけない相手に、一番送ってはいけないものを送ってしまった。それはまるで銀行強盗が交番に行って、銃を突きつけるようなものだった。

「しかも、次に会う約束までしようとして、哉太これをどう弁明するつもり」

「違う。俺は絶対に、有希にこのメッセージを打ってない」

「でもそのスマホに送信履歴があったじゃない」

「いやでも、絶対に有希には送っていない」

「でもその有紀美っていう女には送ったんでしょ」

哉太は手にしたスマホを確認する。

「うん。送った」

「じゃあ、浮気をしたってことでしょ」

ここは誤魔化させるわけにはいかない。きっちり事実を認めさせて、二度と浮気をしないように謝らせなければと有希は思った。

「まあ、そうかな」

頭を掻きながら哉太は遂に非を認める。

「なにが、まあ、そうかななのよ。あなたは私を裏切ったってことでしょ」

「うーん、まあ、そういうことになるのかな」

他人ごとのようなその哉太の口調にムカついた。

「だったら他に言いようがあるんじゃないの」

「いや、有希、悪かった。本当にすまない」

哉太はあっさり浮気を認めて頭を下げる。

高校生の時に付き合いだして、何をするにもお互いが初めての相手だった。だからここまで明確に浮気をされたのも、そしてそれを暴いたのもこれが初めてで、有希は怒っていいのか泣いていいのかわからない。

「謝ったからって、それで浮気が許されると思っているの」

「いや、そうじゃないんだ。有希、本当に申し訳ない」

さらに哉太は頭を下げる。

「だから言ってるでしょ。いくら頭を下げたって、私は絶対に許さない」

「違うんだ。これは浮気なんかじゃない。本気なんだ」

有希の思考が停止する。

「このLINEを送ろうとした彼女を、俺は本当に好きになってしまったんだ。だからこれは浮気じゃない。本気なんだ。だから有希、悪いけど俺と別れてくれ」

本気？　別れる？　目の前の男は、一体何を口走っているのか。

「哉太、本気で言ってるの？」

哉太は大きく首を縦に振る。

「ああ。俺は本気だ。だから本気で言っている。いつかは言わなければと思っていた。俺はここを出て、有紀美と同棲することにしたんだ」

有希はまだ現実が理解できない。

哉太は浮気をしていたのではなく、むしろ自分との関係を終わりにしたいという。そんな馬鹿な。つい数日前まで二人は普通にこの部屋で同棲していたというのに。

二人の思い出が走馬灯のように頭の中を巡った。はじめて告白してOKしてもらったこと、初めてのデート、キス、そして初めてのエッチ。様々な記念日、二人で行った数々の旅行……。そして今まで少なからず喧嘩《けんか》をしてきたが、本気で別れの言葉が出たのは今回が初めてだった。

その瞬間、有希の目から大粒の涙が零《こぼ》れ落ちる。

「この有紀美っていう女の人って、一緒にいるところを美里に見られた人？」

哉太から手渡されたボックスティッシュからティッシュを何枚も引き出して、鼻を鳴らしながらそう訊ねる。

「美里ちゃんに見られていたのか。まあ、そこまでばれていれば話は早い。その女の人とは偶然知り合ったんだけど、きっと運命の出会いだったんだと思う」

有希は哉太の顔を覗き込む。毎日、同じ顔を見ていたのに、いつの間にか遠い存在になってしまったのだろうか。

「本当なの。本当に私と別れるの」

しかし哉太の顔はいつもの哉太だった。急にイケメンになったわけでもなければ、頭が良くなったようにも見えない。

「前の彼女とはきちんと別れてくれって言われていたんだ。だから本当に悪いんだけど、有希、俺と別れてくれ」

哉太は優柔不断な性格だった。告白して付き合いだした時も、デートや旅行の計画を立てる時も、いつも有希主導で決めていた。しかし別れる時に限って、どうしてこの男はこんなにも積極的なのだろうか。

「美里が、その女の人が凄い美人だったって言っていたけど本当？」

ちょっと困った顔をしながらも、首を大きく縦に振る。

まさか美人に哉太を奪われるとは。自分よりもセクシーな女に哉太が誘惑されて、浮気をするのならばまだわかる。しかしそんな凄い美人が、大した取柄もない哉太に本気で手を出すとは思えなかった。

「哉太。なんか騙されていたりしない」

「どういうこと」

哉太はいつものアホ面でそう訊ねる。

「いやどう考えても、哉太がそんな凄い美人から好かれるわけがないと思って」

「どうしてだよ。有希だって自分から告白したじゃないか」

それは有希が恋に恋する高校生だったからだ。

「その人っていくつ」

「そんなの有希には関係ないじゃん」

「いいから教えてよ。哉太より年上、年下？」

「三つ上だよ」

ますますもって納得できない。アラサー女子が結婚目的に若い男を捕まえたということだろうか。しかし凄い美人なら、そこまで結婚を急ぐ必要もないだろう。しかも哉太は学歴も職歴も収入もルックスも、特に見栄えがするタイプではない。

「その女の人に弄《もてあそ》ばれているんじゃないの」

「どういうこと」

「だってそんな美人が、哉太を本気で好きになるはずがないじゃん」

「どうしてそんなことが有希にわかるんだよ」

　何を言っても無駄だった。

　今の哉太には、単に自分がやきもちを焼いているようにしか見えないだろう。目の前の男は人生最大のモテ期を迎えて、それが自分の実力だと思っている。

　平凡で不器用で刺激がなく、その上気が利かなくて、だから大して自慢もできない哉太だったが、それでも有希はこの男が嫌いではなかった。特に愛の言葉を囁《ささや》くことはなかったが、そこそこ優しくて何より自分を裏切らないでくれた。しかしその関係を、テロのようにいきなり有紀美という美人にぶち壊された。この理不尽な怒りを、自分は一体誰にぶつければいいのだろうか。

「じゃあ、有希。悪いけどそういうことで」

　驚いたことに、哉太はさっさと部屋を出て行こうとする。

「ちょっと待って」

有希はまだ「別れる」とも、「別れてもいい」とも言っていない。哉太は昔からそういうところがあった。自分勝手で相手の気持ちを考えない。

「部屋の荷物はどうするの」

「今度来た時に持っていくよ」

哉太は本当に自分と別れるつもりなのだ。同時に二人の同棲生活も終わり、明日からは別々に生活していく。

「哉太は明日からどこに住むの？」

「暫くは友達の家にでも住まわせてもらうつもり。ひょっとしたら新しい彼女のところに転がり込むかもしれないけど」

そうなると、新しい問題が発生してしまうことに有希は気付く。

「じゃあ、シェアしていたここの家賃はどうすればいいの」

この部屋の家賃は、有希と哉太で折半していた。

「そうだな。今月分は返してくれなくてもいいけど、当然俺は出ていくから来月分からは払えない」

「そ、そんな。私一人じゃ、ここの家賃は高すぎるよ」

D

「初めまして。神奈川県警、生活安全部の桐野良一《きりのりよういち》です」

神奈川県警生活安全部サイバー犯罪対策課の桐野は、神奈川県警の牧田《まきた》警務部長の命令で、永田町の首相官邸近くのオフィスを訪れていた。

「わざわざご足労いただきありがとうございます。内閣サイバーセキュリティセンターの中村《なかむら》です」

「よろしくお願いします」

桐野が差し出された右手をしっかり握ると、六〇歳近いその人物が微笑んだ。

「君のことは牧田部長からよく聞いているよ」

Mを名乗る五八〇億円の仮想通貨流出事件の真犯人を逮捕してから、一年近くが経っていた。その事件の最中に連続殺人鬼の浦井光治に脱走されてしまったが、その浦井に関して、この中村センター長が詳しく知りたがっていると、牧田から言われてここにやって来た。

桐野は革張りのソファーに座るように促される。

内閣サイバーセキュリティセンターは、二〇〇五年に内閣官房に設置された。官房長官を本部長としたサイバーセキュリティ戦略本部の下部組織で、サイバー攻撃から日本を守る司令塔的な存在である。そして二〇二〇年東京オリンピック・パラリンピックをサイバー攻撃の魔の手から守ることが、このセンターの喫緊かつ最重要課題だった。

「実は嫌な噂《うわさ》を耳にしてね」

中村は体を前傾させると、その声を少しだけ小さくする。

「北朝鮮の諜報機関が、天才クラッカーにして連続殺人鬼でもあるあの浦井光治と接触したという情報があるんだ」

初めて耳にする話だった。浦井の消息は桐野のスマホに電話がかかってきて以来、一切摑《つか》めていなかった。

「それはまた、厄介なところに逃げ込みましたね」

「桐野君。浦井の、そして北の狙いはなんだと思う」

「いや、いきなりそんなことを訊かれましても……」

桐野は驚くばかりで、何と答えればいいのか思い付かない。

「今日、桐野君にここに来てもらったのは、少しでもその手がかりを摑めればと思ったからだ。君は獄中の浦井とある程度意思疎通できたと聞いているが、それは本当かね」

テーブルに肘をついた両手を目の前で組み、中村は真っ直ぐに桐野を見る。

「最初にお断りしておきますが、浦井光治と言うのは彼の本当の名前ではありません。その名前の持ち主は彼のメンター的な存在で、Mと呼ばれたダークネットのカリスマの名前です。しかし便宜上、今後も逃げた彼のことを浦井と呼ばせていただきますがよろしいですか」

中村は何も言わずに頷いた。

「浦井は典型的なサイコパスで、人とコミュニケーションを取るのが上手くありません。しかし取調室で何度も話したこともあり、私にはある程度心を開いてくれたものと思っています」

中村は大きく二回頷いた。

「しかし浦井が何を考え、どうして北に行ったかは、日本を脱出した後の彼のことを一切知りませんので、正直、お答えのしようがありません」

「普通に考えれば、北の狙いは天才ハッカーの浦井光治を、自国のサイバー部隊に取り込むことだろう」

恐らくそういうことだろう。桐野もそのぐらいのことは想像できる。

「そこで桐野君に訊きたかったのは、浦井という男は自分の祖国を簡単に裏切れる人物かどうかだ。浦井とある程度心を通わすことができた君から見て、それをどう考えるか率直に聞かせて欲しい」

「浦井は日本という国に、普通の国民が抱いているような愛着は持っていないでしょう。浦井にとって日本は、単に今まで自分が育った国というだけで、それ以上でもそれ以下でもないと思います」

「その浦井が、あの国と一緒になって日本にサイバー攻撃するようなことがあるとすれば、それは一体どんな場合だろうか」

桐野は腕を組んで考える。

「浦井はあまり物事に執着するタイプではありません。しかも一度は死刑を覚悟した男です。自分の命にすら執着しないところもあります」

「つまり、浦井は脅しで動くタイプではないと」

「そういうことです。誰かに何かを強要されたとしても、素直にそれに従うような性格ではありません。しかし自分の能力を認められたいと言う承認欲求が、浦井を動かすことはあるかもしれません」

「どういうことだ」

「例えばオリンピックのような国家的なイベントで、世界中のハッカーの耳目を集める派手な攻撃を思い付けば、浦井は北と手を組んで日本に攻撃を仕掛けてくるかもしれません」

「それが一番困るパターンだな」

中村の使命は、東京オリンピックをサイバー攻撃から守ることにあった。

「あと浦井が本当に欲する何かが得られるのならば、あいつは本気を出すかもしれません。浦井という男はそんな奴です」

「浦井は何を欲するんだ。やはり金か、それとも女か」

「金には興味はないと思います。女はどうかわかりませんが」

かつて神奈川県警の狭い取調室で、浦井と対峙《たいじ》した時のことを思い出す。浦井の恋愛感情は極めて特殊で、愛情と憎悪が紙一重だった。そして最終的にはサイコパス特有の凶暴性で、好きだった女を平気で殺してしまう。桐野は浦井のそんな精神構造を中村に説明する。

「なるほど。そんな浦井が、女のために北に協力することは考えづらいか」

「そこは何とも申し上げられません。しかし浦井も海外を一人で逃亡中の身ですから、本当に愛せる女ができたりすれば、あり得なくはないとは思います」

「ところで神奈川県警の牧田刑務部長は、実は僕の大学の同期でね」

牧田の名前が飛び出したので、桐野は嫌な予感がした。

「既に牧田の了解は取り付けてあるので、じきに正式な辞令が発令されると思うが、実は桐野君にこの内閣サイバーセキュリティセンターで働いてもらうことになった」

またしても牧田の差し金だった。神奈川県警の人事を一手に握る牧田は、大きなサイバー事件が起きるたびに、桐野を特別にその捜査の担当にさせた。桐野は警察に転職してからは、牧田の掌《てのひら》の上で踊らされているようなものだった。

「私の古巣の防衛省も、最近やっとサイバー防衛部隊を増強しだしたが、数年かかってやっと五〇〇人という微々たるものだ。日本の周辺には、中国、ロシア、そして北朝鮮と、サイバー強国がひしめいているのにな」

中村は溜息《ためいき》交じりにそう言った。

彼は防衛省出身の初の内閣総理大臣秘書官だった。

「まったくですね。警視庁もサイバー担当を増員しているとはいえ、まだ数百人規模に過ぎません。日本のサイバー防衛は、お隣の韓国にも大きく水をあけられていますからね」

日本にはサイバーセキュリティに関する人材が、質的にも量的にも圧倒的に足りなかった。この体制で東京オリンピックや大阪万博など、サイバーテロの餌食《えじき》となりそうなビッグイベントを控えているのだから、中村が憂鬱になるのも無理はない。

「浦井が北の独裁国家と接触した今、我々は桐野君の力に縋《すが》るしかない。頼む、この通りだ。我々を、そして東京オリンピックを浦井の魔の手から守ってくれ」

中村が大きく頭を下げる。

「頼むも何も牧田部長が了解しているのならば、これはもはや上官命令ということですよね」

「まあ、そう理解してもらっていいかもしれない」

中村がニヤリと笑って見せた時、ドアをノックする音が聞こえた。中村が入室を許可すると、スタイルのいい黒髪の美人が入ってきた。

「中村センター長、お呼びでしょうか」

「紹介しよう。こちら神奈川県警の桐野良一君だ。そして彼女は我々のスタッフの窪田《くぼた》君だ。先月からここで働いてもらっている」

「窪田逸子《いっこ》です。桐野さんのお噂はかねがね伺っています」

逸子はにっこり微笑みながら、白い右手を差し出した。

「よろしくお願いします」

「桐野さん。お互いに仲良くやりましょうね」

切れ長の目をしたその美人の手は、びっくりするほど冷たかった。

第二章

A

「何か忘れ物があったら連絡して」

土曜日に部屋にやってきた哉太は、最後にそう言い残して部屋を出て行った。

哉太の荷物があった空間がぽっかりと空いている。それは有希の心も同じだった。六年間も同棲していたので、哉太は恋人であると同時に家族のような存在だった。いざいなくなってしまうと、どうにもこうにも落ち着かない。東京に出てくると同時に哉太とこの部屋で同棲を始めたので、独りで暮らすのも初めての経験だった。部屋がとても静かに感じる。急に人の声が聞きたくなって、テレビのスイッチを入れたが、特に見たい番組もない。

週末の予定も、ぽっかりと空いていた。

別に哉太がいたからといって、どこかに出掛けるような予定はなかったが、一人で休日を過ごす方法が思い付かない。

昼まではベッドでゴロゴロしていたが、さすがにそう何時間も寝ていることもできない。映画でも見に行こうかと思ったが、映画館で幸せそうなカップルを見るのは辛《つら》い。ならばＤＶＤでも借りようかと、最低限の化粧をして、駅前のレンタルビデオ屋に行ってみると、なんとその店が閉店していた。

ついていない時は何をやってもそんなものだ。

そのまま家に帰ってもしょうがないので、有希は渋谷に出ることにした。渋谷のスクランブル交差点のＴＳＵＴＡＹＡなら大概のＤＶＤが揃《そろ》っているはずだ。それに人がいっぱいいるところに行けば、きっと気分も紛れるだろう。

外国人の観光名所となったスクランブル交差点の人ごみに揉《も》まれながら、有希はＴＳＵＴＡＹＡに到着する。エスカレーターでＤＶＤレンタルコーナーのある五階に上がり、洋画や海外ドラマのレンタル棚の前に立った。

さて、どれを借りようか。

新作のＤＶＤは以前、哉太と一緒に見てしまった。こんな気分の時は、恋愛系や小難しいものは見たくない。できればコメディ、または没頭できるサスペンスやミステリー。しかし意外と見てしまったものや、評判がいまいちの作品ばかりでこれといったものがない。

何か見逃した作品はないだろうか。

準新作の棚をチェックしてみる。人気シリーズの大作スパイ映画を、まだ見ていないことに気が付いた。派手なアクションとサスペンス、これならば何も考えずに見られそうで、こんな気分の時にはちょうどいい。幸いにも最後の一枚がまだ棚に残っていた。有希が手を伸ばした瞬間、背後から別の手が伸びてきてそのＤＶＤを取ってしまった。

ついてないときは、何をやってもついてない。

有希が小さく舌打ちし、隣の棚に移動しようとすると背後から男の声が聞こえた。

「すいません」

有希は思わず振り返る。

「あ、やっぱり」

声をかけた男の顔を見て、有希は声も出ないほど驚いた。

「あの時は、本当にどうもありがとうございました」

あの公園でスマホを拾ってあげた男が、頭の後ろを掻きながら何度もお辞儀を繰り返していた。

C

「ここが、浦井さんの平壌でのお住まいになります」

淑姫は黎明《ヨミョン》通り沿いのタワーマンションに浦井を案内した。昨日まで浦井は、外国人旅行者にもよく利用される高麗《コリョ》ホテルに宿泊していた。高麗ホテルはこの国の最高級宿泊施設の一つで、そこに宿泊できるのは限られた特権階級の人物たちだけだが、このタワーマンションも国内の超エリートしか住むことができない。

「地震が少ないからだと思うけど、平壌は高層マンションが多いんだね」

浦井がそんな感想を口にする。

「日本にも高層マンションはあったけど、せいぜい五〇階建てぐらいだ。このマンションは何階建てなの？」

「八二階建《クアハッチャ》てです」

未来《ミレ》科学者通りにも高層マンションが密集していたが、この黎明通りのタワーマンションの中には八〇階を超えるものもあった。このようなタワーマンションが、「速度戦」といわれる突貫工事で次々に建てられている。

「しかし上の階は人気がないのです」

見た目には派手なタワーマンションだが、その住み心地は快適とは言えない。電力不足ですぐにエレベーターが止まってしまうからだ。

「でも下の階は空き巣に入られる危険があるので、ちょうどこのぐらいの高さの階が一番人気なんです」

浦井の部屋は八階だった。

淑姫はそう言いながら、部屋の鍵《かぎ》を開けて浦井を招き入れる。部屋は二〇〇平方メートルもある広めの3LDKで、大型テレビやステレオ、そしてふかふかの羽毛布団もあった。電化製品はハイアールなどの中国製が多かった。

「平壌では住まいは国から提供されますから、浦井さんもここの家賃を払う必要はありません」

社会主義国なので不動産の所有は原則認められない。

「だからこの壁の写真の二人に、感謝しなければならないわけだね」

リビングの壁には、この国の指導者だった親子の遺影が、立派な額縁に入れられて掛けられている。浦井のシニカルな笑みを無視して、淑姫はベランダに出られるように鍵を外して窓を開ける。

「ベランダから市内の景色が一望できます」

浦井を先にして淑姫がベランダに出ると、冷たい風が黒髪を揺らす。平壌は十一月の下旬から猛烈に寒くなる、そろそろ初雪も降るはずだ。

「この都市はなかなか面白い。ここから眺めていても、個性的な建造物が多くて飽きないね」

平壌の中心には大同江《テガントン》という川が流れていて、その川沿いの中心部に金日成《キムイルソン》広場があった。そしてその周辺に、日本ではなかなか見られないような特徴的なデザインの建造物が建てられていると浦井は言う。

「特に主体思想塔、メーデースタジアム、祖国統一三大憲章記念塔が面白い。この国の建築担当者は、なかなかユニークなセンスの持ち主だ」

それが本心なのかそれとも何かの皮肉なのかは、淑姫にはわからない。

「しかし何と言っても、建設中の柳京《リュギョン》ホテルが最高だ」

ソウルオリンピックに対抗するために計画されたそのホテルは、最頂部の高さが三三〇メートル、一〇五階建てともいわれる巨大ホテルだ。市のどこからでも見える巨大な三角錐《さんかくすい》の形状は、淑姫から見てもとても斬新だった。

「誰かが強引にトップダウンで決めない限り、こんなに大規模で奇抜なデザインの建物はできないだろうな」

資金不足、電力不足、そして国内の大飢饉《だいききん》のため、そのホテルの建造は何度か中断された。欧米のメディアから『傾いた北朝鮮式のシンデレラ城』『滅びのホテル』

『幽霊ホテル』などと揶揄されたが、今では建造が再開されている。

「本当に気に入っていただけましたか」

この男は本当にそう思っているのだろうか。

「ああ、悪くないね。僕はこういうのは嫌いじゃない」

浦井は大きく深呼吸をして、冷たい平壌の空気を胸いっぱいに吸い込んだ。

「ところで淑姫は平壌で育ったの？」

「はい、そうです」

「じゃあ、淑姫もこの国のエリートなんだね」

浦井が言う通り、淑姫が首都平壌で育ったという事は、特権階級に属しているという何よりもの証拠だった。

「まあ、そういうことになりますね」

この国では、「出身成分」で国民を「核心階層」「動揺階層」「敵対階層」の三つに分けていた。「出身成分」とは国家への忠誠度を判断する制度で、父親の家系を三代に遡《さかのぼ》って決定される。考慮されるのはもっぱら父親の家系で、母親の家系はそれほど関係しない。平壌に住めるのは「核心階層」のみで、「敵対階層」に属してしまえば炭鉱地区などの過酷な地域に移住させられ、その子供の高等教育への道は閉ざされる。

「敵対階層」は、主に政治犯とその家族、旧日本軍や朝鮮戦争の南側の協力者たちだ。さらに「地上の楽園」と騙されて、帰国事業で日本からこの国にやってきた人々も、「敵対階層」に入れられて悲惨な最期を遂げた人が多い。

「淑姫はこの国が好き？」

「はい、大好きです。浦井さんはどうですか」

「ここに来るまではどんなに酷いところかと思っていたが、想像していたよりはずっといい。派手派手しい商業的な看板はないし、街はゴミ一つないほどきれいだ。空気もきれいで自然もあるし、街を行き来する人々は純朴そうだ。そんなに悪いところでもないような気もする」

「そう言ってもらえると嬉しいです」

ベランダから部屋に戻ると、浦井はふかふかのソファーに腰掛ける。

「ここはインターネットを使えるの」

浦井はインターネットが遮断されていることが、この国に来てからの最大の不満要因だと言う。

「この部屋は常時インターネットに繋がっています。普通の人は外国のホームページなどは見られませんが、この部屋にだけは特別な回線が引かれています」

いくら天才ハッカーの浦井といえども、インターネットが繋がっていないところでは、何の能力も発揮できない。浦井は自分のリュックからパソコンを取り出すと、キーボードを叩きはじめる。この国でもスマホはかなり普及してきたが、やはり海外のインターネットには繋がらないようになっている。

「私はいつも隣の部屋で待機しています。何か用事があれば壁の電話を使って呼んでください。いつでも私の部屋に繋がります」

「外出したくなった時はどうすればいい」

パソコンから目を離さずに浦井は訊ねる。

「外出したい場合は、私にお声がけ下さい。レストランでもレジャー施設でも、浦井さんの行きたいところがあれば、私がガイドと通訳をさせていただきます」

とにかくこの天才ハッカーから一瞬たりとも目を離すなと、金副部長に厳命されていた。

「一人で行動したい時はどうすればいい」

「その時はどうぞご自由にしてください。浦井さんの行動は一切制限しないようにと言われています」

制限はしないが尾行はつく。偵察部の精鋭部隊が尾行するので、浦井といえども尾行されていることに気付かないかもしれない。

「食事とかはどうすればいい。近くにスーパーやコンビニがあるとは思えないんだけど。あ、わかるかな？　コンビニ」

「コンビニエンスストアですよね。北朝鮮にも二四時間営業のコンビニがあるんですよ」

浦井がパソコンから目を離し、意外そうな表情で淑姫を見る。

「こちらでは家売台《チンメデ》と呼ばれていて、家の一部を使って商売をするんです。食料品やお酒、煙草、あと家庭で使う雑貨なんかも売っています」

今の若い最高権力者は資本主義的な手法を取り入れ、この国でも市場経済が一気に拡大した。今や生活必需品の八割は市場を通じて売られていて、市民生活レベルでは、市場経済が完全に根付いていた。

「その他にも、回転寿司やビアホールもあるんですよ。もっともそこに行ける人は、金主《トンジュ》と呼ばれるお金持ちだけですけどね」

市場が拡大するにつれて、そこで大儲《おおもう》けをする成金たちも登場した。実は平壌に建てられている高層マンションに投資しているのも、そんな金主と呼ばれる成金たちだった。

「しかし料理は差《さ》し支《つか》えなければ私が作ります。遠慮なく申し付けてください。それでは何かありましたら、お電話でお呼びください」

淑姫がお辞儀をすると、その長い黒髪が大きく揺れた。

D

「じゃあ、良《りょう》ちゃんは来週からは永田町《ながたちょう》に勤めるの」

桐野は恋人の松田《まつだ》美乃里《みのり》と、横浜駅近くの居酒屋で食事をしていた。店秘伝の手羽先つけ揚げを平らげると、名物の濃厚白湯水餃子鍋《ぱいたんすいぎょうざ》が運ばれてくる。

「毎日、必ず永田町に行くわけじゃないけど、オリンピックが近づけば近づくほど東京に行く機会は増えるだろうね」

内閣サイバーセキュリティセンターへ派遣される正式辞令が発令された。期間は東京オリンピック・パラリンピックが終了するまでらしい。

「それはそうと、美乃里どうして髪の毛を染めたの」

久しぶりに会った美乃里は、髪を黒く染めていた。

「転職活動を本気でしないといけないからね。茶色のふわふわした髪の毛よりも、やっぱり黒の方が印象いいから。ねえどう、似合わない？」

髪の毛を触りながら美乃里が心配そうにそう訊ねる。亜麻色のふわふわヘアーを見慣れていたせいもあり、長い黒髪の美乃里が別人に見える。

「悪くないよ。大人っぽく見えるし、確かに面接の受けはいいかもしれない」

「でも黒髪っていうと、あの連続殺人鬼を思い出しちゃうね」

「まあそれはもう、心配しなくてもいいと思うよ。だってもう日本にはいないはずだから」

浦井が海外に逃亡したことは、マスコミでも報道されていた。とりあえず日本中の黒髪の女性は、内心ほっとしていることだろう。

「それで転職活動の方はどうなの。いい会社に入れそう？」

美乃里が勤めていたセキュリティ会社は、オーナー社長の森岡《もりおか》が逮捕されてしまったので、もはや存在しなかった。美乃里は派遣の仕事をはじめたが、月々の給料は大きく減ってしまったらしい。

「いろいろ探してはいるんだけど、なかなか条件が合わなくてね」

桐野は美乃里のために、濃厚白湯水餃子を小皿によそる。

「しかも悪いことは続くもので、最近、お父さんの会社がかなり厳しいらしいの」

美乃里の父親は、輸入雑貨の会社を経営していた。以前はけっこう儲かっていたが、最近の中国経済の後退などもあり、ここ数カ月は自転車操業が続いているのだと美乃里は言う。

「派遣の仕事ってほとんどお給料は上がらないのよね。できれば頑張れば頑張るほど稼げるようなお給料のいい会社に転職したいの。そうじゃないと、お父さんの会社の苦境は救えないから」

そんな会社があるだろうか。歩合性のバリバリの営業職なら可能だろうが、お嬢さん育ちの美乃里にそんなことができるとは思えない。

桐野は水餃子を口にする。鶏の出汁《だし》がきいていてなかなかの美味だったが、美乃里の様子が気になって、いまひとつ食事に集中できない。

「なんか疲れているみたいだけど」

「ちょっとね。昨日の夜も遅かったし」

美乃里が生あくびを堪《こら》えてそう言う。

「コンビニのバイトでもやっているの？」

「そんなことはやってないけど、いろいろやることが多くてね」

A

「本当にこの間はありがとうございました。あの時はきちんとお礼も言えなくて、ずっと気になっていたんです。あ、私、瀧嶋慎一《たきしましんいち》と言います」

TSUTAYAのレンタルコーナーの棚の陰で、背の高い男は何度も何度も頭を下げる。

「栗野有希です。そんなに頭を下げるのはやめてください。大したことはしていませんから」

「いやいや、あの時もしも拾ってもらわなかったら、大事な契約が一本飛んでしまうところでした。本当にありがとうございました」

そこまで感謝されるのならば、あの時勇気を出してスマホに出て良かったと有希は思った。

「瀧嶋さんは、このお店にはよくいらっしゃるんですか」

「そうでもないんですよ。だからまさかこんなところで、お会いできるとは夢にも思いませんでした。これって凄い偶然ですよね」

確かにこんな偶然はないだろう。

「瀧嶋さんの会社は、あの公園の近くなんですか」

TSUTAYA二階のスタバでお茶でもいかがかと言われた有希は、二つ返事で同意した。

アイスラテを啜《すす》りながら瀧嶋は答える。

「会社は丸《まる》の内《うち》の方なんですよ。あの日はたまたま取引先に行く途中だったんです」

瀧嶋は誰でも知っている超一流の総合電機メーカーに勤務していて、今はパソコンの周辺機器の営業担当をしているらしい。ちなみに二八歳で有希より三つ年上だった。都内の有名私立大学の理工学部を卒業し、六年前に今の会社に就職したと言う。

「瀧嶋さんって優秀なんですね」

「全然そんなことはないですよ」

謙虚で真面目そうなところに好感が持てた。哉太と二歳しか変わらないが人間の厚みがまるで違うと有希は思った。

「有希さんはどんな会社に勤めているんですか」

そう言われると肩身が狭い。

「地味な会社なんですよ。電力会社の下請けの下請けの下請けで、主に清掃の人員を派遣する会社です」

派手さとは無縁な会社だったが、給料自体は悪くはなかった。そんなこともあり、有希はずるずるとあの会社で働き続けていた。

「あの後もお礼を言おうと思って、何度かあの公園にも寄ったんですよ。だけどやっぱり、なかなか会えないものですね」

「そうだったんですか」

この好青年が自分のことを気にかけてくれていた。その事実が有希の頬を緩ませる。しかしガラスに映った自分の姿を見てちょっと後悔もする。近所のレンタルビデオ屋に行くつもりだったので、普段着のような格好で、メイクもすっぴんに近かった。

「それなのにまさか渋谷のど真ん中で、再会するとは思いませんでした」

本当にそれは凄い偶然だと思う。今、眼下のスクランブル交差点には数限りない人々がいる。もしもこの雑踏に混じってしまえば、再び瀧嶋に会うことはできないかもしれない。

「瀧嶋さんのお住まいはどちらなんですか」

「実家は人形町《にんぎょうちょう》です。だからどっちかというと、下町というか、山手線の東側にいることが多いんです。反対側の渋谷とかには滅多に来ないんですよ。有希さんはよく渋谷に来るんですか」

「今日は本当にたまたまだったんです。近所のレンタル屋さんがつぶれちゃったんで、しょうがないからここまで来たんです」

どちらかというとインドア派なので、渋谷みたいにやたら人がいるところは苦手だった。

「私も今日は渋谷に用事があったんですけど、ドタキャンになってしまったんです。しょうがないから時間つぶしにここに立ち寄ったんですけどね」

そのドタキャンの相手は女性だろうか。有希はそのことがちょっと気になった。

「だから本当にここで有希さんと出会ったのは、偶然中の偶然なんですよ。本当に奇跡のような話ですね」

そもそもベンチの下に落ちていたスマホを有希が拾ったのだって、そうそう起こることではない。

「何か、神様が二人を引き合わせてくれたみたいですね」

有希もそう思っていた。何しろ六年間同棲していた男が、部屋を出て行ったその日の出来事なのだ。つい数時間前までは、有希は人生のどん底にいると思っていた。

「確かに凄い偶然ですね」

自分とこの男は、何か運命的なもので繋がっているのではないだろうか。有希はそう思わずにはいられなかった。

「有希さん。この後、何か用事とかありますか」

有希の胸が騒めいた。時計を見ると、午後六時を指している。

「この後はＤＶＤでも見ようかなと思っていただけなので、特に用事はありませんが」

「じゃあこの偶然を、利用しない手はありませんね」

C

「お酒は何にしますか」

メニューを前に考え込んでいる浦井に淑姫は訊ねる。

金康福はナイトクラブのような高級レストランに浦井を招待した。

赤いチャイナドレスのウェイトレスに、浦井と淑姫はこの国のビールを、金はレミーマルタンをオーダーする。ステージでは色とりどりの衣装を着た女性たちが、歌とダンスを披露していた。

「今、ステージにいる女性たちは、特別なレッスンを受けた者ばかりなんです。浦井さんに楽しんでいただけるとよいのですが」

いずれも女優のような美人ばかりで、踊りもぴたりと揃《そろ》っていた。

「喜び組ということですか」

「日本ではそんな名称で呼ばれているようですね。もしもお気に入りの女性がいれば、挨拶に来させますので遠慮なくおっしゃってください」

これがこの国の常套《じょうとう》手段だった。こうやって海外のＶＩＰをハニートラップし、交渉を有利に運ぶのだ。

浦井は表情を変えずにステージを見ている。

もっと年配の男ならば素直にそのパフォーマンスを喜ぶのだろうが、浦井のように若い日本人が、しかも天才ハッカーと呼ばれる男がステージ上の女たちをどう思っているのかは、淑姫には想像もつかない。

赤いチャイナドレスのウェイトレスが、ビールと褐色の液体の入ったグラスをテーブルに置いた。

「浦井さんは、大同江ビールがお好きなんですね」

無口な浦井に金がそう訊ねる。

「そうですね。日本で育った自分から見れば、この国の酒も料理も大したことはありませんが、この大同江ビールだけはコクがあって美味しいですね」

率直すぎる浦井の言葉を、淑姫は婉曲《えんきょく》的に通訳する。

「浦井さん、もっともっと飲んでください。このお店では、世界の一流の酒がいくらでも飲めるんですよ」

金は上機嫌でグラスを重ねている。

「私はこうやって美女を眺めながら酒を飲むのが趣味なんですが、浦井さんの趣味は何ですか」

金の質問に、浦井は小首を傾《かし》げて考える。

「あまり趣味とかはないんですが、敢えて言うならばハンティングですかね」

「ハンティング？　あの鹿やキツネを狩るハンティングですか」

「まあ、そんなようなものです」

インドア派かと思っていたので、浦井にそんな趣味があるとは、淑姫は意外に思った。

「浦井さん。ところでいよいよ、日本でオリンピックが開催されますね」

「そうみたいですね」

つまらなさそうに浦井は答える。一般庶民には口にできない店自慢の高級朝鮮料理にも、たいして箸をつけていない。

「我々は東京オリンピックに、何かインパクトのあるサイバー攻撃を仕掛けたいと思っています。浦井さんにいいアイデアはありませんか」

それが金の本当の目的であることは、淑姫も聞かされていた。

オリンピックやワールドカップは、平和とスポーツの祭典であると同時に、サイバー攻撃の祭りでもあった。腕に自信があるハッカーやクラッカーたちが大会運営組織のサーバーに侵入し、運営委員会のホームページが改ざんされるような事件が必ず起こっていた。

「東京オリンピックに対しても既に二年前から、その運営組織を騙《かた》ったフィッシングメールの攻撃があったみたいで、金を騙し取られるなどの事件が発生しているらしいですが、一体誰の仕業なんでしょうかね」

浦井がさりげなく金の顔色を窺うと、金の口角が僅《わず》かに上がる。

「よくご存じですね。ところで浦井さんご自身は、自分の祖国で開催されるオリンピックに、そのような攻撃をするのはやはり気が進みませんか」

浦井は暫く何かを考えていたが、やがて重い口を開く。

「確かにそれを、積極的にやりたいとは思いませんね」

金は顔を顰《しか》めてレミーマルタンを一口飲む。

「ところで金副部長。この国のカリスマお二人のご遺体を見せていただく件は、その後どうなりましたかね」

「いくら浦井さんでも、そればかりはそう簡単にはいきません」

金は左右に首を振る。

「それはとても残念です」

「今一度、要望はしておきますが、ご希望に応えられなくてすいません」

浦井はビールを一口飲むと、上目遣いに金を見る。

「もしも難しいようだったら、その保存技術の担当者に会わせてもらえませんか」

浦井の意外な申し出に、金は目を丸くする。

「技術者にお会いしたいのですか」

浦井は大きく頷いた。

「それならば話はずっと簡単だ。すぐにでも技術者との面談を設定させましょう」

「ありがとうございます」

浦井は嬉しそうに微笑んだ。

「ところで浦井さん、我が軍のサイバー部隊の精鋭たちはいかがですかね」

ここ数日、浦井はこの国のサイバー部隊を視察している。もちろんそれには通訳として淑姫も同行していた。

この国では小学生の段階で選抜がはじまり、算数の得意な天才小学生を平壌のエリート中高一貫校に入学させる。そこで徹底的にコンピューターを学ばせ、さらにその中でも優秀だと認めた人材には、そこで豪華な食事をさせたり、地方にいる両親を平壌に呼び寄せて住む権利も与えられる。そしてその中でも特に優秀と認めた人材は、「北朝鮮のマサチューセッツ工科大学」と呼ばれる金策《キムチエク》工業総合大学などのいくつかのエリート大学へ入学させ、更に高度なコンピューター教育を受けさせる。そして卒業後にその全員を、軍のサイバー部隊に配属させていた。もともと優秀な子どもたちにさらに死に物狂いで勉強させるので、極めて優秀なサイバー部隊ができあがるのも当然だった。

「とても優秀だと思います。正直、僕クラスのハッカーならば、掃いて捨てるほどいるでしょう」

その能力は、日本の警察や自衛隊のサイバー部隊の遥か先を行っていた。特に総偵察局121局には、この国のサイバー戦士の精鋭たちが集結している。韓国の銀行のATMを狙ったり、韓国軍の国防データ・センターに侵入し朝鮮半島有事を想定した米韓連合軍の作戦計画を盗んだりと、まさに連戦連勝を繰り返していた。

「いくら我が軍のサイバー部隊が優秀でも、浦井さんには敵《かな》いませんよ」

金は口ではそう言うが、コンピューターの知識やプログラミングの能力ならば、浦井よりも優秀な人材がいくらでも揃っていた。しかもこの国のサイバー部隊の攻撃は実に多彩だった。

例えば総偵察局204局もサイバー攻撃を担当しているが、こちらは韓国や日本の世論操作を担当するのが任務だった。ロシアがトランプ大統領誕生の時に、組織的なサイバー攻撃を行った疑惑があるが、この204局はその遥か昔に、親北派の大統領を韓国に誕生させるため、ネットにフェイクニュースを書き込んで世論操作を行っていた。これは脱北した元サイバー部隊員の証言から明らかになったことだった。

「しかし日本を攻撃するなら、もう少し日本人や日本の社会を理解する必要はあるでしょうね。特にもっと日本語を勉強する必要はあるでしょう」

日本語は最大の貿易障壁だ。この言葉の難しさが日本を海外のサイバー攻撃から防いでもいた。サイバー攻撃の世界でも、日本は一種のガラパゴスだった。

「確かに日本語は難しいですからね」

淑姫はそうは思わなかったが、今、この国で日本語を学ぶ若者は限られている。

「浦井さんが東京オリンピックへのサイバー攻撃を指導してくださるのならば、我々は最大限の協力をします。資金はもちろん、人材、偽造旅券、そして海外の拠点も用意できます」

インターネットや電力事情がよくないこの国から、サイバー攻撃を仕掛けるのは現実的ではない。実際に121局の精鋭たちも、ほとんどが海外のアジトから攻撃を行っていた。

「必要ならばどんなものでも用意します。この淑姫になんなりとお申し付けください」

D

「オリンピックまで半年を切った。警察では競技場や選手村、そして駅や交通機関などを中心に、万全な警備計画が組まれている。三嶋《みしま》君その辺のことを説明してもらえるかな」

中村から指名された若い男が、小さく頷き席を立つ。

「東京オリンピック実施時は、過去最大規模の五万人の警備体制となります。一九六四年の前回のオリンピックの時は、警察官が大部分の警備に当たっていましたが、今回は警察官二万一〇〇〇人による警備だけでは不十分と考え、さらに民間の警備員一万四〇〇〇人、誘導や通訳などのボランティア九〇〇〇人も含めて対応します」

壁のモニターには、会場周辺の地図が映し出される。銀のメタルフレームの眼鏡を指で押さえて、壇上の男は説明を続ける。

「競技会場周辺には赤外線センサーや防犯カメラを設置します。これはテロを防止するだけではなく、圧倒的な人海戦術でテロを起こす気力を奪ってしまおうとするものです」

これだけの人数で警備を固めてしまえば、テロの実行犯が武器を持って会場に近づくのは不可能だと桐野は思った。他にも駅や主要施設に警備員が配置され、東京全体に監視の目を張り巡らし、テロリストを炙《あぶ》り出してしまおうという作戦でもあった。

「三嶋君どうもありがとう」

男は一礼をしてから、ほっとしたような笑顔とともに席に戻る。

「物理的な攻撃には、このような警備計画で立ち向かう。そして今、我々が最も危惧しているのは、何といってもサイバー攻撃だ。これから日本は東京オリンピックまでに、桁違いのサイバー攻撃に晒《さら》されるだろう。そして我々が最も恐れるのは、競技会場やオリンピックの運営組織が攻撃されること、そして社会インフラが攻撃されて都市機能が麻痺してしまうことだ。それによって大会や競技の続行が阻まれれば、IOCとの契約にも違反してしまう。もちろん国家の威信にかけても、そんなことは絶対に許してはならない。そしてそのために、この内閣サイバーセキュリティセンターがある」

このセンターは各省庁から集められた官僚やスタッフが、管轄の業界や団体などにサイバーセキュリティの指導や助言を行うための組織だった。

「既にダークウェブ上では、いくつかのAPTが、東京オリンピックに攻撃を仕掛ける兆候がある」

APTとはAdvanced Persistent Threatの略で高度で執拗な脅威と直訳されるが、わかりやすくいえば国家が後ろ盾となっている本格的なサイバー攻撃だった。これに狙われると、個人や民間ではとても太刀打ちはできない。

「日本の周辺国、特に北朝鮮からの攻撃は十分に考えられる。今回、神奈川県警から桐野君に応援を頼んだのはそのためだ」

　桐野は立ち上がって一礼をする。自分と浦井の関係、そしてその浦井が北と接触していることは、既にここにいる人間は知っているようだった。

「北朝鮮は標的型のハッキングを得意とする。あの国のハイテクエリートの頭の良さは尋常じゃない。しかも英語はもちろん中国語など語学も徹底的に習得させられている。もちろん、日本語を勉強している奴もいるだろう」

　北は毎年一〇〇〇人ずつサイバー部隊を増強しているので、今では一万人以上の規模になっていると言われていた。

「それに対抗するためにも、我々はイスラエルの会社と提携して、この度大々的なサイバー演習を実施することにした。詳しくは窪田君から説明してもらう」

　逸子は立ち上がって一礼すると、壁のモニターに資料を投影する。

「この演習には、警察、自衛隊、民間のセキュリティ会社、そして国の重要インフラに指定された会社や団体のサイバー担当者にも参加してもらいます。そして参加者は、重要インフラを守るブルーチーム、そしてそれを攻撃するレッドチームの二つに分かれてもらいます」

　これは二〇一八年にＮＡＴＯ（北大西洋条約機構）が、エストニアの首都タリンで実施したサイバー防衛演習の応用だった。

「レッドチームの攻撃に対して、どこまでブルーチームが耐えられるか。そしても
しも耐えられなかった場合は、演習終了後にそれを改善し対策を講じてもらいます。

これはチーム全体の見識を深め、経験値を上げるための演習です」

会議室が騒めいて各省庁から派遣されている官僚たちの手が挙がる。

「具体的にどの企業のどんな部署のサイバー担当に協力を願えばいいのでしょうか。

明日までにそれをペーパーにしてもらえませんか」

「その演習に関わったことで生じる費用は、どこが負担するのですか」

「この演習の参加は、あくまで任意ということでよろしいですよね」

A

「へー、有希の実家は厚木《あつぎ》なんだ」
「大学の時も通おうと思えばぎりぎり通えなくもなかったんだけど、乗り継ぎや何
かで片道二時間ぐらいかかっちゃうの」
「けっこう遠いんだね」
「往復だと四時間ぐらいかかるのよ。だったらバイトしてその分家賃を稼いだ方が
いいんじゃないかと思ったの。バイトで稼げる金額と家賃を考えたらどっちもどっ

ちだったからね」

「でもここは世田谷《せたがや》だし、この部屋の家賃はけっこう高いんじゃないの」

この部屋は京王線《けいおうせん》の最寄《もより》駅から一〇分以上歩くが、十畳のリビングに加えてロフトもついているので、家賃は九二〇〇〇円だった。六年前に有希が不動産屋さんと下見をした時にすっかり気に入ってしまい、以来一度も引っ越していない。

「今までは友達と家賃をシェアしていたんだけどね」

さすがにその友達が、元カレだったとは言えない。

渋谷でばったり再会した有希と瀧嶋が、男女の関係になるのは時間の問題だった。あの日は食事をして別れたが、次にデートした時に、有希は渋谷のラブホテルで瀧嶋と一夜を共にした。

「私の手料理をご馳走《ちそう》するから、夜七時までに部屋に来て」

そして三度目の今日、有希は瀧嶋を自宅に招待した。

有希は料理の腕には自信があった。

瀧嶋が実家暮らしだと聞いていたので、肉じゃがや煮物などのおふくろの味は食べ慣れていると思い、メニューはロールキャベツにした。牛乳ベースのホワイトロール、白ワインを入れるあっさり風味など、ロールキャベツにもいろいろあったが、今夜はオーソドックスなトマト味にした。

煮崩れるのを防ぐために、余ったキャベツを茹《ゆ》でてロールキャベツの間に挟んで全体を安定させる。そこにローリエ、固形スープ、水を加え、落とし蓋をした上に、さらに鍋の蓋をして一〇分間中火でぐつぐつと煮る。そしてトマトピューレ、ケチャップ、塩、コショウ、そして最後にバターを加えると味も見た目も一変する。そこに生クリームとドライパセリをちらせば、ちょっとした洋食屋のメニューみたいになる。

「美味《うま》い！」

瀧嶋は大きな声でそう言った。

「こんなに美味いものが食えるんだったら、俺もここに住もうかな」

作戦成功。

瀧嶋の満面の笑みに有希は内心ほくそ笑む。

「今まで手料理といえば母親のしか食べてこなかったけど、こんなロールキャベツが家で出来るんだ。凄いよ、凄い。有希はお店とか出してもやっていけるんじゃないの」

「ありがとう」

有希は嬉しくなって、瀧嶋のグラスに赤ワインを注ぎ足した。

その後、あっという間にロールキャベツを平らげた二人は、あの時有希がＴＳＵ

TAYAで借りようとしたスパイ映画を一緒に見た。

「最近は同棲するカップルが多いよね。俺の友達でも、同棲していない方が珍しいぐらいだ」

経済事情のせいか、同棲は若いカップルの間では特別なことではなかった。

「瀧嶋さんは、同棲したことはないの」

「俺は男ばっかりの環境にいたから、女の子とは全然縁がなかったし」

有希にはその言葉が信じられない。

一緒にいればいるほど、瀧嶋の人としての優しさや素晴らしさが伝わってくる。ルックスも悪くないし、挨拶やお礼の言葉などもきちんとしていて社会的な常識もある。そして何より、有希の気持ちの些細《ささい》なところまでわかっている。瀧嶋ぐらい人の気持ちを察することができる人間も珍しい。ちょっと前までここに住んでいた哉太とは、まさに月とスッポンだった。

そんな瀧嶋が女の子にモテないはずがない。

「理工系の学部に行っちゃうと、本当に女の子が少ないんだよ。社会人になってから付き合った子はそれなりにいたけど、とにかく仕事が忙しすぎて、長く女の子と続いたことはないんだ」

「そんなに忙しい職場だったの」

「最近職場が変わって、ちょっと楽にはなったけどね」

「そうなんだ。それで瀧嶋さんは、今どんな製品の営業担当をしているの」

「いろいろやっているけど、今一番力を入れているのは、今月発売されたばかりのUSBメモリーかな」

　誰でも知っている瀧嶋の会社は、パソコン周辺機器からそれこそ原子力発電所まで作っている総合電機メーカーだった。

「メーカーの営業ってけっこう地味な仕事が多くてね。家電量販店をまわったり、企業の総務部にお願いに行ったり、もう頭を下げてばかりだよ」

「へー、そうなんだ。じゃあ、うちの会社でも瀧嶋さんの会社の製品を使うように提案してみようか」

「そうしてくれるとありがたいな。そうだ、せっかくだから、その新商品のUSBメモリーのモニターをやってくれないかな。有希の会社で使ってみて、その感想を聞かせてよ」

「うん、わかった」

　瀧嶋は優しく有希の頭を撫《な》でる。

「ところで瀧嶋さんの実家は、何をやってるの」

「実家は人形町にあって、地元で細々と酒屋をやっているんだ」

「家から出て一人暮らしをしようとは思わなかったの」

給料はいいはずだから、一人で自由気ままな生活をしてもおかしくないのにと有希は思った。

「しても良かったんだけど、両親がけっこう高齢だからね。でも有希の仕送りみたいに、実家に生活費は入れていない。有希は本当に家族思いだよね」

有希は毎月実家に仕送りをしていた。

「妹に心臓の持病があって、小さい頃から入退院を繰り返しているの。それでけっこう医療費がかかっちゃって……」

有希には七つ年下の妹がいた。

有希の妹は先天的に心臓に奇形があり、本当は心臓移植をする必要があった。幸いすぐに命に関わるような状態ではなかったが、医療費の負担は重く絶えず実家の家計を苦しめていた。しかも妹は来年大学を受験する予定だった。

「私だけ大学に進学させてもらったんじゃ申し訳ないからね」

「有希は本当に良い子だね」

瀧嶋はそう言いながら、有希の頰にキスをする。

そんな風に正面から褒められると気恥ずかしい。有希は照れ笑いを浮かべながらも、瀧嶋の胸に顔を埋める。

「じゃあ明日から、僕がこの部屋に一緒に住むから家賃を半分出すよ」

「え、本当に」

有希は半身を起こして瀧嶋の顔を直視する。

「迷惑かな？」

有希は大きく首を左右に振る。本当に瀧嶋がそうしてくれれば、これほど有難いことはない。このままでは家賃が払えず、いずれこの部屋は引き払わなければならないと有希は思っていた。

「嬉しい」

今度は有希が瀧嶋の唇にキスをする。

家賃の負担が重すぎて、この部屋から出ていくことを真剣に考えていた。しかし瀧嶋が家賃を半分負担してくれるのならば、その必要はなくなる。それに瀧嶋がここに住んでくれたなら、毎日が絶対に楽しくなるはずと有希は思った。

C

浦井のパソコンには、ウェディングドレス姿の女性の姿が映し出されていた。

隣の部屋の浦井のパソコンの画面は、すべて淑姫の部屋でミラーリングされている。だから淑姫の目の前のパソコンで、浦井がネット上でやっていることはすべて確認することができた。もしも淑姫がわからないような複雑な操作を浦井がしたら、二四時間録画されているこのパソコンの動画を、サイバー部隊の精鋭たちが分析することになっている。

純白のドレスに包まれたその女性が、麻美《あさみ》という日本人女性であることはわかっていた。その隣で幸せそうに微笑んでいるのは、彼女の夫となった富田誠《とみたまこと》だった。淑姫が読み込んだ浦井のプロフィール資料には、当然、彼が犯した連続殺人事件の詳細も書かれていた。あれから三年の月日が経過していたが、麻美はその後フェイスブックなどのSNSをすべて閉鎖していた。それは夫となった富田も同じだったが、麻美の友達の加奈子《かなこ》という女はまだSNSを続けている。

浦井が今見ているのは、その加奈子のSNSだった。

淑姫は釈然としない。

海を隔てた日本に住み、しかも他人の妻になってしまった麻美をネットでチェックしたところでどうしようもないだろう。それよりも、同じ黒髪ですぐ手が届くところにいる自分に、もっと関心を持ってくれないものだろうか。

そうしてくれれば、もっと任務がやりやすくなるはずだ。

「浦井さん、お食事はお済みですか。よかったらたまには、お酒などお召し上がりになりませんか」

淑姫は浦井の部屋のチャイムを鳴らす。

「そうだな。それに何か食べるものも作ってくれ」

夜遅いので拒否されるかとも思ったが、浦井は淑姫を部屋に招き入れてくれた。

普段は地味なスーツ姿が多い淑姫だが、今夜は黒のワンピースドレスを着用した。胸元は大きくＶの字にカットされているので、麻美よりも大きめの胸の谷間が見えるはずだ。

「わかりました」

淑姫がキッチンで用意をはじめると、浦井はパソコンをいじるのをやめた。そして缶ビールが開栓される音とともに、リビングのテレビの音が聞こえてくる。

朝鮮中央テレビは全国放送で、この国のどこでも見ることができる日本のＮＨＫみたいな放送局だった。しかし今、浦井が見ているのは万寿台《マンスデ》テレビで、首都平壌の周辺でしか見られない。この万寿台テレビは娯楽色が強く、欧米の映画やドラマ、そしてアニメも放映するので視聴率も高かった。

淑姫がキムチとナムル、そして冷麺《れいめん》をリビングに運ぶ。ビビンバの本場は韓国の全州《チョンジュ》だが、冷麺はこの平壌で生まれた食べ物だった。ここの味付けはそれほど辛くはないので浦井の口にも合うはずだ。

浦井は冷麺を食べはじめるが、淑姫と一切会話を交わさない。

浦井という男は、何かをする時にはその作業に没頭する。パソコンをいじっている時が最たる例だが、それ以外にも物凄い集中力で作業をする。それは食事をとっている時も同様だった。

「ウィスキーでももらおうかな」

あっという間に冷麺を食べてしまった浦井が淑姫に言った。

「かしこまりました」

ウィスキーを作ろうと片脚をつくと、脇のスリットから白い脚が露《あらわ》になる。淑姫は白い指でトングを摑み氷をグラスに入れる。そしてウィスキーの瓶を傾けると、とくとくという音がした。

「どうぞ」

両手で持ったグラスを手渡す。浦井はしばらくグラスを回しながら、じっと自分を見つめている。

「この国の女性は黒い髪の人が多くていいね」

「この国では髪を染めただけで、非社会主義的行為だと怒られてしまいますから。でも本当はみんな、髪を染めたいと思ってるんですよ」

「だとしたら社会主義万歳だね。僕は黒髪の女性が大好きなんだ」

やがてグラスの氷が溶け出すと、浦井はその褐色の液体を一口飲んだ。

「淑姫も飲む？」

「よろしいのですか」

浦井はどうぞとばかりに軽く微笑む。

淑姫はグラスに氷を入れてウィスキーを注ぐ。一口飲むと苦くて熱い液体が胸を焦がしながら胃に向かって落ちていく。

「浦井さん。ここでの生活には慣れましたか」

浦井がこの国にきて、早くも三週間が経とうとしていた。

「慣れたといえば慣れたけど、慣れないといえば慣れないかな」

浦井は残りのウィスキーを飲み干すと、グラスを淑姫に手渡した。

「それはどういう意味ですか」

淑姫は新しいウィスキーを空になったグラスに注ぐ。

「この国に来るまでは、いつも日本に強制送還される危険があった。だけどとりあえずここでは身の安全は守られているから一安心だ」

淑姫は黙って新しいグラスを浦井に手渡す。

「しかしこの国は徹底された監視社会で、絶えず誰かに見張られているようで、それはそれで落ち着かない」

そんな浦井の言葉に軽々しく同意はできない。なぜならば浦井が言う通り、この部屋にも盗聴器が仕掛けられているからだ。

「淑姫、大丈夫だよ。この部屋の盗聴器は、僕がすべて取り外しておいたから」

淑姫の心を読み透かしたように、浦井は白い歯を見せる。

「今度金副部長にクレームを入れておいてくれ。こんなことを続けるのならば、自分はこの国を出ていくと」

そんなことをされたら困る。

「わかりました。盗聴器の件は伝えておきます。しかし浦井さんは、どうしたら私たちに協力してくれるのですか」

「僕は協力しているつもりだけど」

日本人の心理やそれを欺くためのソーシャルエンジニアリングのテクニックを教えるなど、浦井はそれなりにこの国のサイバー部隊に協力はしていた。

「浦井さんはもっと素晴らしい能力をお持ちだと聞いています。金副部長は浦井さんに東京オリンピックへのサイバー攻撃をして欲しいと言っています」

それを浦井に実行させることが、淑姫に課された本当の任務だった。

「浦井さん、もっと心を開いてください」

浦井は今一つ他人行儀で、自分との距離も縮めようとする気配が見られない。今までの経験からしても淑姫にはそれが意外だった。

「心を開くって、具体的にどういうことか説明してくれないか」

浦井が真剣な表情でそう訊ねる。

「それは……、自分の気持ちを素直に表現することです。親ならば子供を、子供ならばその両親を素直に愛するじゃないですか」

「僕には生まれた時から父親がいなかった。そして母親からは酷《ひど》い虐待を受けてきた。だから親が子供を愛する気持ちや、子供が親を愛する気持ちなんかまったく理解できない」

確かに浦井のプロフィールにもそう書かれてはいた。

「少なくとも子供を見て可愛いとか、お年寄りを見て可哀想だとかは思ったことはない。人間は生まれた時は小さいし、年をとれば老けていく」

浦井は苦そうな顔で、グラスの中のウィスキーを一気に呷《あお》る。

「淑姫には兄弟はいるの？　何人家族？」

「尊敬する父と優しい母と、そして三歳下の可愛い妹がいます」

今ではこんな特殊な任務のせいで家族と会う機会は減ってしまったが、そんな家族がいるから日々の任務に励むことができた。

「いくら物が有り余っていても、僕みたいに肉親の愛情に恵まれなかったら、心は飢餓状態だ。淑姫は本当に家族から愛されているだろうし、その愛され方や家族思いのところが羨ましい。いや、ちょっと妬ましいかもしれないな」

物が豊かな国だからといって、何もかもが手に入るというわけではないらしい。

「浦井さんは、どうして好きになった女性を殺してしまったんですか。とてもそんな恐ろしいことをするようには見えませんが」

「はははは」

「何が可笑《おか》しいんですか」

淑姫は怯《おび》えながらもそう訊ねずにはいられなかった。

「いや、昔、似たようなことを訊いてきた人がいたことを思い出したからさ」

「それは誰ですか？　男性ですか、女性ですか」

「男だよ。そしてその男が僕の唯一の友達かもしれない」

浦井に友達と呼べる存在がいるのは意外だった。

「何で僕が彼女たちを殺してしまったかといえば、いつまでも彼女たちを所有することができなかったからだよ。嘘や金や暴力で彼女たちをものにできても、それだと限界がある。いつか別の恋人ができたり結婚したりして、結局他の誰かの所有物になってしまう」

「だから殺してしまったんですか」

浦井は大きく頷いた。

「殺してしまえば、他の誰かに取られることはない。しかし同時に自分のものにもならない」

浦井は大きく左右に首を振った。

「私はあなたに身も心も尽くすように命令されています。だから私は、一生あなたを裏切りません」

今までそうして来たように、自分の肉体を武器にするのに迷いはない。むしろ今までに経験してきた屈辱に比べれば、若くて見た目も悪くないこの男に抱かれることなど楽な任務だと思った。

「私はあなたに身も心も尽くします」

「それはつまり、僕に忠誠を誓うということだな」

「そう思ってもらって構いません」

何としてでも、浦井をその気にさせなければならない。

この国では人も羨むような出世を遂げた人物が、一夜にして失脚してしまうことがある。その場合は愛する家族まで巻き込まれることも少なくない。自分はこの任務を失敗するわけにはいかないのだ。

「だからどうか、私に心を開いてください。浦井さんのためならば、私はどんなことでもやってみせます」

淑姫はすっと立ち上がり、浦井を正面から見下ろした。そしてワンピースの背中のファスナーを、ゆっくり自ら下ろしはじめる。

「淑姫、本当に何でもやるのか」

天才ハッカーとはいえ若い男だ。今まで実践してきた様々なテクニックで必ず篭《ろう》絡《らく》できるはずだ。そして肌と肌が触れ合ってしまえば、この男の心もきっと開くに違いない。

「やります」

ワンピースの両袖から肩を抜くと、黒い布がすとんと落ちる。白いブラとショーツが露《あら》わになった時、浦井の目の色が変わったと淑姫は思った。

「本当だな」

黙って大きく頷いた。

「絶対的な忠誠を誓うんだな」

「誓います」

「じゃあまず手始めに、この二人のことをどう思っているのか、本当のところを言ってみろ」

浦井が指さした先には、この国の最高指導者の父と祖父の遺影があった。

B

なっている。


「あなたに、やってもらいたい仕事がある」

男はパピオンのホステスを、前回とは違う公園のベンチに呼び出した。遠くの遊具では子供たちが争うように遊んでいて、その脇で母親たちがおしゃべりに夢中になっている。


「竜崎さん、今度は何をすればいいのですか」

いつものように、女はスマホを耳に当てて電話をかけているふりをする。

「来週の金曜日、私は銀座の店に行きいつものようにあなたを指名する。その時に毎朝新聞の藤原《ふじわら》という記者を連れていく。私はあなたに会話を振るので、あの店には文部科学省の官僚もよくやって来ると言って欲しい」

この藤原という記者が次のターゲットだった。

「文部科学省の方とは、会ったことはありませんが」

「ただの宴席での話だ。あの店にお役人が来ることはよくあるだろう。細かいことは気にしなくていい」

パピオンは政治家や高級官僚がよく利用していた。

「そしてその時に、その官僚が愚痴っていたと話して欲しい」

「どんな愚痴ですか」

中学生ぐらいの少年が蹴ったサッカーボールが転がってきた。その少年がボールを拾って遠ざかるまで、念のために会話を止める。飲みかけのコーヒーを口に運んだが、すっかり冷めてしまっている。

「総理が旧知の友人に便宜をはかろうとして、大学の新設学部の許認可をごり押しするので困っていると言って欲しい。詳しい資料はこの中に入っている」

男は、そう言いながらベンチの上に紙袋をそっと置いた。

「本当に総理がそんなことをしたんですか」

「それは君が知らなくてもいいことだ。君は酒の席で、客がそういう話をしたと言えばいいだけだ」

返事がないので顔を曲げずに視線だけ向けると、女が明らかに逡巡《しゅんじゅん》している。

「竜崎さん、あなたは一体何者ですか」

最近、この女に要求するハードルが上がっていた。充電器によるスマホの情報窃盗は明らかな犯罪行為だし、今回も何かの政治的な謀略のために利用されているのはわかっているのだろう。

「その質問には答えられない」

「政治家や官僚のお店での噂話を聞きたがっていたから、最初は竜崎さんがマスコミ関係の人だと思っていたんです。指名もよくしてくれたので、今までは協力してきました。でももうこれは、そんなレベルの話ではないですよね。竜崎さんは一体何のために、私にそんなことをさせるのですか」

女が自分の顔を覗き込もうとする。

「私を見るのはやめろ」

「すいません」

彼女は慌てて視線を逸《そ》らす。

「世の中には、知らない方がいいこともある。あなたは今私が言ったことを確実に実行すればいいだけだ。そうすれば報酬も手に入るし、いつもと変わらぬ日常が続くだろう」

「この話、お断りしたらどうなりますか」

男は厳しい表情を作って見せる。

「この話を断ると、君は困ったことになるだろう。例えば夜のアルバイトをしていることが、君の恋人や会社の人間にばれたらどうだろう」

「私の恋人や会社のことまで、竜崎さんは知っているのですか」

「それだけじゃない。君の家族のことも調べさせてもらった」

協力者に仕立てる時は、彼らの個人情報を徹底的に調べ上げる。そこから相手の弱点を炙り出し、二重三重の罠《わな》を仕掛け、そしてもう協力せざるを得ない状況を作り上げる。それがこの世界の鉄則だった。

「心配するな。君が私に協力してくれれば何の問題もない。それどころかいつも以上の報酬を払おう。今、君は金が必要なはずだ」

今までも、女は何度か協力を拒もうとしたことがあった。しかしその度に、軽い脅迫と十分な報酬を渡してきた。

「わかりました。やってみます」

A

『このUSBメモリーは使用できません』

会社のパソコンに瀧嶋からもらったUSBメモリーを差し込むと、画面にそんなメッセージが表示された。有希は今まで市販のUSBメモリーを好き勝手に使用していたが、そんなメッセージが表示されたのは初めてだった。

「ねえ佐藤《さとう》君。このUSBメモリーが、使えないって表示されちゃったんだけど」

隣の席に座っていたセキュリティ担当の佐藤にそう訊いた。有希は総務部の庶務担当だが、この小さな会社では同じ総務部の佐藤が、勤怠や会計システムの保守点検も含めて一人でパソコン周りの担当をしていた。

「セキュリティを強化したんだよ。だから登録されていないUSBメモリーを接続すると、そういうメッセージが表示されるようになったんだ」

「へー、そうなんだ。大した秘密もないのに、そういうとこだけはちゃんとしているんだね」

「親会社からこれからは子会社もそうするように、一斉に通達されたらしいよ。先週芦沢《あしざわ》部長に呼ばれて、すぐに対応するように命令されたんだ」

総務部長の芦沢に聞こえないように、佐藤は小声で囁いた。

芦沢は四八歳には見えないすらっとした体形の持ち主で、実家がお金持ちらしくいつも高そうなスーツを着ている。実はこの芦沢が美里の不倫相手だった。人事部長も兼ねている芦沢を、営業庶務の美里が相談に乗ってほしいと食事に誘い、酔った勢いで男女の関係になったそうだ。人の恋愛をとやかくいう気はないが、同期と自分の上司がそういう関係であると思うと気持ちが悪い。

「システム担当がいっぱいいる会社ならばいいけれど、うちみたいな弱小企業だとすべての仕事が俺の負担になるから大変だよ。でも実際、USBメモリーからネットワークが感染してしまうことってよくあるからね」

「じゃあこのUSBメモリーは、会社のパソコンじゃ使えないってことなの？」

有希は瀧嶋から預かったUSBメモリーを佐藤に見せる。それには瀧嶋の勤める一流電機メーカーのロゴが入っている。

「いや、登録してみるから貸してみて。それでスキャンして問題なければ使えるよ」

「会社が指定したUSBメモリーしか使えないっていうわけじゃないんだね」

「そこまで厳しい管理はしてないよ。だってこんな会社だもん」

佐藤は首をぐるりと一回りさせて、周囲を見回し白い歯を見せる。

「そうだよね。じゃあ、お願い」

佐藤は受け取ったUSBメモリーをパソコンに差し込むと、ブラインドタッチでキーボードを軽やかに叩く。

「はい、できたよ。じゃあ、これを有希ちゃんのパソコンでスキャンしてみて」

有希は手渡されたUSBをパソコンに差し込むと、『今すぐスキャンしますか』というメッセージが表示される。

有希は『はい』をクリックする。

ほんの数秒でスキャンは終わり、『問題なく使用できます』というメッセージが表示された。

D

「どうして日本にはスパイ防止法がないのかしら」

逸子が白ワインのグラスを傾けながらそう呟《つぶや》く。

浦井に関して相談したいことがあるからと、桐野は半ば強引にこのスペインバルに誘われた。黄色いパエリアを頰張ると、魚貝や肉の旨《うま》みをたっぷりと吸い込んだライスが桐野の口いっぱいに広がっていく。

「確かにこんな仕事をしていると不思議に思いますよね。自衛隊と言い換えてはいるけれども、日本は立派な軍隊を持っている。しかしスパイ防止法がない国なんて、世界でも日本だけなんじゃないですかね」

日本でスパイ行為をしても、それだけの理由では逮捕もされない。

他の国なら死刑や無期懲役が当たり前の重大犯罪だが、日本ではスパイを逮捕しても、出入国管理法や旅券法、または窃盗や住居侵入などの軽い特別法や一般刑法の違反者として裁くしかない。しかも求刑はせいぜい懲役一年、しかも執行猶予がついてほとんど自由の身になってしまう。

「かつてスパイ防止法を作ろうとはしたのよね」

　スパイ防止法案は、一九八五年の一〇二回国会で与党から提出された。しかし国民の権利を制限すると野党が大反対に回り、報道の自由が侵害されるとマスコミも激しく抵抗した。結局法案は成立せず、その次の国会で審議未了の廃案となったと逸子が教えてくれた。

「本当は憲法改正なんかより、スパイ防止法案の成立を急ぐべきだと思うんだけど。でもそうなったらそうなったで、また首相や閣僚のスキャンダルが飛び出して潰されちゃうんだろうな」

　逸子は珍しく黒のワンピースを着ていて、美しい黒髪とマッチしてエキゾチックな魅力を醸《かも》し出していた。その胸元が空いているので、白い谷間についつい目が行ってしまう。

「桐野君って、美乃里さんっていう彼女がいるのね」

　急に逸子にそう言われたので、桐野はむせて黄色い米粒を吹き出しそうになってしまう。

「誰から聞いたんですか」

　白ワインをぐいと飲んで、桐野は口の中のものを喉の奥へと流し込む。

「警視庁の兵頭《ひょうどう》さんよ。桐野君はあの五八〇億円の仮想通貨の犯人を、兵頭さんと一緒に逮捕したのよね」

警視庁公安部の兵頭彰《あきら》は、桐野が浦井とともに仮想通貨流出事件を捜査している過程で知り合った。殺人事件にも関与していたダークウェブの謎の住人Mを追うために、警察は超法規的な判断で、獄中の浦井を捜査に協力させた。最初は兵頭がその犯人だと思い込み、桐野と浦井がウィルスを送りつけたこともあった。兵頭のサイバー刑事としての実力は秀でていて、今はセキュリティセンターにもオブザーバーとして、時々会議にも参加してもらっていた。

「兵頭さんと情報交換をしたのよ。公安のしかも外事警察の兵頭さんが、見返りもなしに情報を教えてくれるはずがないからね」

兵頭は戦友とも呼べる存在だったが、公務に関係ないプライベートなことでも、決して自ら秘密を明かしてくれることはなかった。

「ところで桐野君。最近、彼女の美乃里さんと会った？」

白ワインを飲み干したので、今度は赤ワインを逸子はウェイターにオーダーする。

「どうしてそんなことを訊くんですか」

「あなたの大事な彼女が、夜のアルバイトをしていることを知っているのかなと思ったから」

「まさか」

そんなことを美乃里からは聞いていない。

「まあ、いまどき水商売ぐらいで、目くじらを立てることもないけどね」

「誰からそんな情報を訊いたんですか。やっぱり兵頭さんですか」

美乃里の父親の会社が上手くいかなくなったからといって、夜のアルバイトをやっていたとは知らなかった。確かに水商売ならば、頑張れば頑張るほど収入は上がる。

「情報源は秘匿《ひとく》しなければならないから、桐野君といえども教えられないわね。まあ、桐野君みたいな正規雇用組にはわからないと思うけど、正社員になれない最近の女子は本当に大変なのよ」

新しいグラスワインが運ばれてきた。逸子はグラスを目の高さで揺らしながら、その色合いを確かめる。

「逸子さんも、そういうお店で働いているんですか。そしてそこでいろいろな情報を手に入れているんですか」

逸子が足を組み替えたので、スリットの入ったスカートの脇からきれいな白い脚がちらりと覗く。

「さあ、どうでしょうかね」

逸子は鼻先にグラスを近づけてその香りを楽しんだ後に、赤ワインを軽く口に含んで味わっている。この窪田逸子という女は話せば話すほどミステリアスで、何を考えているのかまったくわからない。

「ところで逸子さんは、何の情報の見返りに兵頭さんから俺の彼女の情報を手に入れたんですか」

「浦井の最新情報よ」

思わず桐野は身を乗り出した。

「浦井に何か動きがあったんですか」

「桐野君。その後、浦井のことで何かわかったことはある？」

桐野は浦井の足跡をダークネット上で追っていた。

凄腕のハッカーやクラッカーの情報を収集するために、ダークネットを調べることは有効な手法だった。欧米の諜報機関では、そこに大量の仮想エージェントを送り込み、二四時間体制で監視をしていた。この場合の仮想エージェントというのは人間ではない。ＢＯＴという自動で動くプログラムで、ハッカー同士のやり取りを機械的に調べ上げる。

「いろいろやっていますが、まだこれといった情報はありません」

サイバーセキュリティセンターにはそんなＢＯＴはないので、桐野は直感をもとに、手作業で情報を収集していた。逸子はハンドバッグから煙草《たばこ》とライターを取り出した。そして大きく髪を掻き上げ、咥《くわ》えた煙草に火を点《つ》ける。

「浦井はもうすでに北朝鮮に潜入していて、新たなサイバー攻撃の計画を練っているらしいわ」

桐野は驚きとともに逸子の顔を凝視する。美乃里の夜のアルバイトはともかく、どうして北朝鮮にいる浦井のことまで、この目の前の女は知っているのか。

「逸子さん、それは本当ですか」

逸子は煙草の煙を吐き出して、煙草を灰皿の脇に置いた。煙草の白いフィルターに逸子の真っ赤なルージュがついている。

「興味ある？」

逸子はどこかの省庁から派遣されたスタッフではない。このセンターの事務職に応募してきたところを、あまりにも優秀だったので、センター長の中村が主要スタッフへの抜擢《ばってき》を決めたと聞いていた。

この女は何者なのだろうか。

「ありますね」

逸子はもう一度煙草を口にして大きく吸うと、紫煙を細くゆっくり吐き出した。

「奇遇ね。私も桐野君には興味があるの」

ミステリアスな切れ長の目が桐野を見ていた。逸子の甘いコロンの匂いが桐野の鼻腔《びこう》をくすぐる。

「ねえ、桐野君。どこか別の場所に行って、今夜はとことんお互いのことをわかりあわない？」

逸子は耳元で囁いたので、桐野は唾を飲み込んだ。

「いや、そろそろ終電の時間ですから」

「いいじゃない。桐野君の彼女だって、どこかで似たようなことをやっているかもしれないわよ」

第三章

A

「今日の帰りは何時ぐらい」

出掛けに瀧嶋にそう訊かれた。

「今日は会社からまっすぐに帰って来るから、七時には部屋に戻っていると思う」

「じゃあ今日は俺も、その時間には帰って来れると思うから一緒に晩御飯を食べよう」

瀧嶋の会社はフレックス制度らしく、朝は有希の方が早かった。帰りも瀧嶋の方が早い日が多く、有希のパソコンでネットサーフィンをしていることもあった。

「OK。慎《しん》ちゃん。何か食べたいものある？」

二人の同棲生活は、二週間目に突入していた。

意外なことに、瀧嶋は比較的恋人を束縛するタイプの男だった。帰宅時間のチェックはもちろん、外出している時に有希の様子を探るような電話がかかってきたことも、一度や二度ではなかった。

『今、誰と会ってるの』

『相手は男性、それとも女性？』

『それはどういう関係の人』

会社でのことも気になるらしく、上司や同僚の年齢や性格を、根掘り葉掘り聞かれることがしばしばあった。

『有希が可愛いから心配なんだよ。こんなに可愛い子がいたら、周りの男が放っておかないと思うんだよね』

そう言われてしまうと、有希も怒るに怒れない。

そんなちょっと束縛が激しいところを除けば、瀧嶋は理想的な恋人だった。正直自分には、もったいないぐらいだと思う。

『僕は女の子とあまり付き合ったことがないから、余計に心配なのかもしれない。それに有希は、時々帰りが遅い日があるから』

あながち瀧嶋を責められない事情も有希にはあった。

『実は、私、毎週木曜日と金曜日は居酒屋でバイトをしているの。帰って来るのが遅くなるから、その日は先に寝ていてね』

同棲をはじめた最初の水曜日に有希はそう告白した。

『会社にばれるとまずいんだけど、妹の医療費のために実家に仕送りをしないといけないから』

『本当に大変なんだね。じゃあ、週末はゆっくり眠りたいだろうから、木曜と金曜は実家に戻るよ。両親も高齢だからそのほうが安心だし』

そう言ってもらって本当に助かった。そしてそのアルバイトに関しては、もうそれ以上二人の間で話題になることはなかった。

「じゃあ、行ってくるね」

出掛けにキスをして、有希は玄関の扉を開ける。

「あ、そうだ。今日の会議用にちょっと調べ物がしたいんだけど、有希のパソコンを借りてもいい？」

「どうぞ」

恋人にパソコンの中身を見られても、特に不都合なものはない。

「パスワードは何だっけ」

「１１３７０５」

それは有希の会社での社員番号でもあった。

B

銀座のクラブパピオンは、並木通《なみきどお》り沿いのビルの四階にあった。

「竜崎さん、いらっしゃいませ」

ドアを開けると髪をアップにした着物姿のママが出迎えてくれたので、予定通り蝶野泰子を指名する。

自分の対面に大柄な男が座ると、すぐに二人のホステスがやってきた。

「蝶野泰子です。以後、お見知りおきを」

角の丸い名刺をその男に差し出した。

「毎朝新聞の藤原です」

藤原は大きな体の内ポケットから小さな名刺入れを取り出して、その中の一枚を差し出した。

「新聞社の記者さんだなんて、とてもお忙しいんじゃありませんか」

女は水割りを作りながらそう訊ねる。

「忙しいのは若手だけだよ。もう俺は四〇歳だから半分管理職みたいなもんで、興味のある事件だけ取材して書けばいいから」

おしぼりで顔を拭きながら、藤原はそんな言葉を口にする。

「いやいや藤原さんは、昔からスクープを連発している敏腕記者さんなんだよ」

「凄いですね」

美人のホステスにそう言われて、藤原の鼻の下が伸びる。藤原はプライドの高い男なので、褒めれば褒めるほど機嫌がよくなる。

「竜崎さん、スクープだなんて大袈裟だよ。まあそれでも官邸の痛いところはついているつもりだけどね。やっぱりマスコミは権力のチェック機関だし、そうなると時間に追われるテレビより新聞の方がじっくり取材ができるからね」

そのギラついた目と同様に、まだ藤原の体の中に記者として、そして男としての野心と欲望がほとばしっている。それを利用しない手はないと男は思っていた。

「泰子ちゃん。藤原さんは立派な体格をしているけど、柔道で国体に出たこともあるんだよ」

「え、すごーい」

「やだな、竜崎さんもう遠い昔の話だよ。今じゃすっかり衰えちゃって、息子と喧嘩しても勝てないよ」

この話題を振るといつも上機嫌になるが、今日は美人を前にしているのでいつにも増してテンションが高い。

「ところで竜崎さんは学生の時はどんなスポーツを？」

「私の時代はテニスですよ。『エースを狙え』っていう漫画が大人気で、空前のテニスブームが起こったんですよ。本当は野球部に行きたかったんだけど、坊主にするのが嫌でね」

藤原が大きな声で笑ったので、ホステスたちも口に手を当てた。しかしその笑いが収まると、藤原は急に顔を近づけて小声で話しはじめる。

「それより竜崎さん。さっき話していた総理の私設秘書の準強姦《ごうかん》事件って、本当の話なの？」

ここに来る前に、藤原を赤坂《あかさか》の小料理屋でご馳走《ちそう》した。そこで藤原に、霞《かすみ》が関《せき》で噂になっているネタを耳打ちしておいた。

「あれはあくまで噂ですよ。女側の売名行為かもしれませんし、ひょっとしたら、どこかの国のハニートラップかもしれません。しかし女性が警察に相談したのは事実みたいですよ。もっとも藤原さんだったら、そんなことを調べるのは朝飯前なんじゃないですか」

「まあ、それはそうだけどさ」

藤原は鼻の穴を膨らませる。

「しかし問題はそれがなぜ、逮捕直前に揉み消されたかということですね。一度は逮捕状が出たらしいですから」

「官邸から圧力が入ったっていうこと？」

「さあ、それも含めて一度調べてみたらどうですか」

「もしそれが本当ならば許しがたいな。最近総理も敵がいないから、やりたい放題になっているな」

藤原はグラスを大きく傾ける。

「内閣調査室が強化されてからは、官邸が裏で何をやっているかは、マスコミでもわかりませんからね」

「本当だよ。しかし竜崎さんは会うたびに面白いネタを教えてくれるから有難いよ。しかも泰子ちゃんみたいな美人がいる店で奢《おご》ってまでくれて」

遠回しに褒められた黒髪のホステスは、にっこり微笑み頭を下げる。

「いや、藤原さん。実はこういう美人がいっぱいいるお店にこそ、面白いネタが転がっているんですよ。ねえ、泰子ちゃん」

「そうかもしれませんね」

黒髪を掻きあげながら意味ありげに笑う。最初の頃はぎこちなかったが、今ではすっかりこの女も水商売が板についてきたと男は思った。

「こういうお店では政治家も官僚も油断して、ついつい本音を喋ってしまいますから。男はみんな、美人には弱いんですよ」

「へー、そうなんだ。じゃあ泰子ちゃんはどんな面白いネタを知っているのかな」

「いやいや、私の口からは言えませんよ」

「え、何の話。ちょっと泰子ちゃん教えてよ」

前のめりになる藤原に対し、彼女はちょっと困ったような顔をしてみせる。

「そうだ泰子ちゃん。あの話を藤原さんにして差し上げたら」

男はすかさずそんな誘いの言葉を入れる。

「そうですか。本当は他のお客さんのお話をしちゃいけないんですけど、実はこの間、お店に文科省の偉い方がいらっしゃって……」

A

「有希、俺が悪かった。もう一度、やり直させてくれないか」

哉太から電話があり待ち合わせの喫茶店に行くと、いきなり復縁を迫られ驚いた。

「どうして。美人の彼女ができたばかりじゃないの」

有希が哉太と別れてから、ちょうど三週間が経っていた。

「その彼女が急にいなくなっちゃったんだよ」

「いなくなった。ふられたってこと？」

　哉太は有希の部屋を出て新しく部屋を借りた。そこで新しい彼女と同棲する予定だったが、その恋人が忽然《こつぜん》といなくなってしまったと言う。

「今まで使っていたスマホの番号が、急に繋がらなくなっちゃったんだよ。LINEもブロックされたし、だけど別に喧嘩も何もしてないんだよ」

「何か無神経なこと言っちゃったんじゃないの。哉太って意外とそういうところがあるから」

　あっさり自分を振ったように、この男は人の気持ちを察する能力が欠けていた。何気ない一言に、有希も傷つけられたことを思い出す。

「そんなことないよ」

「彼女の自宅には行ってみたの」

「詳しい住所は知らないんだ。あまりに電話が繋がらないから、心配になって彼女の会社に電話をしたんだ。そしたらそんな社員はいないって言われてしまって、もう何がなんだかわからないよ」

　確かに奇妙な話だった。

「哉太、その人にダイヤの指輪とか、怪しい壺《つぼ》とか、何か高価なものを買わされたりしていない？」

しかし哉太はその彼女に、高額な何かを買わされたりはしていないそうだ。

「やっぱり何かの詐欺だったのかな」

哉太がぽそりと呟いた。

結婚詐欺を疑うところだ。金品を取られなかったとしても、その体と気持ちを弄ばれたのならばショックは大きい。

しかしこの哉太の場合だとどうなるのか。

「警察に相談した方がいいかな」

しかしどこの誰だかわからない人物が失踪したのでは、捜索願も出せはしない。そもそもこれは、本当に失踪事件なのだろうか。

「でもまあ、そんなことだろうと思ったよ。そんな美人が哉太を好きになるなんて、どうにもおかしいと思ったもん。まあ、短かったけど哉太もいい思いをしたんだから、良かったんじゃないの。そもそも哉太はそんなにモテるわけがないんだから」

ここぞとばかりに、有希は思っていたことを哉太にぶつけた。

「いや、本当に悪かった。今回のことで有希の有難みがよくわかったよ。有希は料理も上手いし優しいし、俺にはもったいないぐらいの彼女だよ」

哉太は何度も頭を下げる。

今頃わかってももう遅いよ、と有希は思った。

「あの部屋の家賃とか大変だろ。だから俺、また有希と一緒にあの家で暮らそうかなと思っているんだけど」

「だめだよ」

「どうして」

「だって私、もう新しい彼氏と同棲しちゃっているから」

哉太が目を丸くするのを見て、有希は溜飲《りゅういん》が下がる思いだった。

「高校生から付き合っていた恋人をあっさり捨てるからだよ。でも私、新しい彼氏とは真剣に付き合っているから、ちょっと哉太とよりを戻すのは無理だと思う」

それが有希の今の本心だった。

しかしあの時、哉太が別れを切り出してくれなかったら今の幸せはない。人生って本当に不思議なものだと有希は思った。

「でも出会いってさ、本当にどこに転がっているかわからないから、哉太にもそのうち素敵な人が現れるよ」

C

『ただ今から閣議を開催いたします。まず閣議案件について、正岡《まさおか》内閣官房副長官から説明申し上げます』

淑姫がベッドで微睡《まどろ》んでいると、スピーカーからそんな声が聞こえてきた。東京の工作員が現職のセキュリティ担当大臣のスマホを遠隔操作できるようにしたので、重要な会議の内容も筒抜けとなった。

『次に、大臣発言がございます。桜庭大臣』

淑姫の献身もあり、浦井は東京オリンピックへのサイバー攻撃に少しだけ前向きになった。そしてその作戦を立案するため、日本政府のサイバーセキュリティ対策の弱点を探しているらしい。

『いよいよ東京オリンピック・パラリンピックまで半年と迫りました。サイバーセキュリティ基本法に基づき、サイバーセキュリティ戦略本部での検討を経て、新たなサイバーセキュリティ戦略を、本日、国会で説明させていただきました』

スマホを乗っ取られていることに気付かない間抜けな大臣がそう発言する。

『次に内閣総理大臣からご発言があります』

『サイバーセキュリティは戦略本部だけの問題ではなく、すべての省庁、行政機関が取り組まなければならない問題です。特にこの夏の東京オリンピック・パラリンピックでは、国内の重要インフラが狙われるかもしれません。それを未然に防ぐため、戦略本部と各省庁との円滑かつ緻密な連携をお願いします』

やがてパソコンからの音が消えて、浦井がベッドルームに戻ってきた。

今、淑姫はベッドの上で、全裸で両手両足を縛られたまま横たわっている。数時間前に鞭《むち》を入れられた背中の痛みは今もまだ残っている。鏡に映せばきっときれいなミミズばれができているだろう。

「淑姫、おまえの本当の首領様は誰だ」

「浦井さんです」

浦井をまっすぐに見てそう答えた。

「いい子だ」

浦井が額に優しくキスをする。

この男をコントロールするためには、絶対的な忠誠心を示す必要があると思った。強度のS気質。

絶対的な所有と占有。

しかしそれは愛情の裏返しなのだ。いや、これこそがこの男の愛情表現だ。母親から虐待し続けられてきた浦井は、こういう方法でしか女に愛情を示すことができないのかもしれない。

「浦井さん。私はあなたに忠誠を誓います」

しかし一人ではSの欲望は満たされない。それに従順に従う存在がこの男には必要なはずだ。自分がその存在になればこの男を、自分の思いどおりに動かせると淑姫は思った。そうすればあの麻美という日本人への関心を、自分の方に向けられる。

「淑姫。おまえは僕のためなら、どんなことでもやってくれるんだよな」

「はい。お望みならば何でもします」

「その言葉に嘘はないな」

「もちろんです」

最初からこうやって浦井に支配されればよかったのだ。子供のころから絶対的な権力に従い続けていた自分にとって、なにか強い力に支配されるのは嫌なことではなかった。

「淑姫、おまえに頼みたいことがある」

「何なりとお申し付け下さい」

淑姫は浦井の目を真っすぐに見る。

「金副部長のスキャンダルを探ってこい」

D

神奈川県警本庁舎に到着すると、桐野はすぐに総務部に直行する。

今は内閣サイバーセキュリティセンターに派遣されているので、この県警本庁舎内に桐野のデスクは存在しない。しかし時々届く郵便物は、この総務部で保管してくれていた。

「転送してもよかったんだけど、ちょっと気になる郵便なので、取りに来てもらった方が早いと思って」

そう言いながら総務部の職員が手渡してくれた手紙には、ＳＥＯＵＬの消印が捺《お》されていた。しかし差出人の名前はない。

嫌な予感がした桐野は、自分の指紋をつけないように手袋をして、丁寧にその封筒を開封する。

『内閣サイバーセキュリティセンター内に、北のスパイがいる』

そう書かれた便せんが一枚だけ入っていた。それは手書きではなくプリントアウトされたものだった。

「ソウルに誰か知り合いが住んでいたりするのか」

手紙を渡した職員にそう訊ねられる。

ネット仲間などを探せば誰かは住んでいるかもしれないが、こんな手紙をよこす人物は思い付かない。

すぐに手紙の写真を撮って、封筒と便せんを刑事部の鑑識に回す。誰かの指紋がついているかもしれないからだ。

ソウルからこんな手紙を送ったのは誰だろうか。

しかもこの手紙の差出人は、自分がセキュリティセンターで働いていることを知っている。そればかりかそこに北の独裁国家のスパイがいることを、伝えているのだ。

セキュリティセンター内にスパイがいるから、わざとこの手紙を神奈川県警に送り付けたのだろうか。差出人も書かれていないこんな不審な手紙では、何かの間違いでその手紙が届いたことを、そのスパイに知られてしまうかもしれない。

しかし何かの陽動作戦の可能性もある。

セキュリティセンター内にスパイがいるとわかれば、疑心暗鬼になって組織の結束は乱れるだろう。少なくとも桐野は、この手紙の存在で疑念を抱いてしまう。それでなくとも各省庁の寄せ集めであるあのセンターは、縦割り意識が強すぎて十分な情報共有が行われていない。

「桐野！　指紋が出たぞ」

鑑識課の職員が血相を変えて飛び込んできた。

「該当者がいたんですか」

警察に一度でも逮捕されれば、その指紋はデータベースに保存される。

「この県警本庁舎で採取された人物のものだからすぐにわかった」

ここで？

桐野にはその人物が瞬時には想像できなかった。

「誰ですか」

「浦井光治だ。浦井が逮捕された直後に、この本庁舎で採取された奴の本当の指紋と一致した」

A

「ただいま。お、いい匂いだね。今日のご飯は何？」

瀧嶋が青いネクタイをほどきながら、キッチンにやってくる。

「今日はハンバーグにしたんだけれど」

「いいね」

今夜のメニューは、チーズエッグハンバーグだった。

作り方は普通のハンバーグと同じだが、中央にへこみを付けておいて焼きあがったところでそのへこみに生卵を割って落とす。さらにその上にスライスチーズをのせて蓋をして、弱火で蒸し焼きにする。チーズが溶けたところでハンバーグを取り出した後は、フライパンに残った肉汁を使ってデミグラスソースを作る。デミグラスソースには、赤ワインやケチャップ、ソース、しょうゆ、有塩バターなどの他に、ちょっとだけオリーブオイルも入れた。

瀧嶋がハンバーグにナイフを入れると、黄身がとろりと溢《あふ》れ出たので驚きの声を上げる。

「おお、凄いね。ただのチーズハンバーグだと思っていたけど、中に卵も入っているんだ」

その黄身をハンバーグに馴染《なじ》ませて瀧嶋がフォークで口に運ぼうとすると、長いチーズの糸ができる。

「半熟にしちゃったけど、もっと固くした方がよかったかな」

有希はチリワインをグラスに注ぎながらそう訊ねる。

「いやいや、半熟最高。このデミグラスソースも絶品だね。有希は本当に料理が上手いな」

好きな人に手料理を褒めてもらうと、本当に幸せを感じる。妹の病気のこともあって、有希は子供の頃から料理をすることが多かった。

「あ、そうそう。このＵＳＢメモリー返しておくね」

有希は佐藤に登録してもらった後に、会社のパソコンで利用したＵＳＢメモリーを瀧嶋に渡した。

「特に問題はなかったかな」

瀧嶋はハンバーグを頬張りながらそう訊ねる。

「うん。ただ意外とうちの会社ってきちんとしていて、使う前にUSBメモリーが感染していないか、セキュリティ担当にスキャンしてもらうことになってたの。それでも特に問題はなかったけどね」

「へー、そうなんだ。どうもありがとう」

そう言いながらも、瀧嶋はナイフとフォークを動かす手を休めない。瀧嶋の皿のハンバーグは、早くも半分に減っていた。

「いただきます」

有希もハンバーグの上のチーズにナイフを入れると、半熟の卵の黄身が流れ出す。デミグラスソースをよく絡ませてから口に入れる。やっぱり美味しい。我ながらなかなかいい出来だと思った。

「ねえ慎ちゃん。今度は何が食べたい」

有希の問いに瀧嶋はもっと洋食を食べてみたいと答える。それならば何にしようかと、有希は頭の中で考えを巡らす。

「ところでさ、さっき言っていた有希の会社のセキュリティ担当って、何ていう名前？」

「え、佐藤だけど」

「独身？」

また瀧嶋の悪い癖がはじまったと有希は思った。瀧嶋からは特に有希の会社の人間関係をしつこいほどよく聞かれる。

「まあ独身なんだけど、パソコンオタクって感じでとても恋愛対象にはならないよ」

「じゃあ有希の会社でカッコいい既婚の男の人はいないの？　不倫とかしている人もいるんじゃないの」

その質問にどう答えるべきか有希は頭を捻《ひね》った。変なことを言うと、瀧嶋の嫉妬心に火を点けてまた詮索《せんさく》がはじまりかねない。

「人事と総務を兼ねている部長で芦沢さんっていう人がいるんだけど、実は私の同期の女の子と不倫しているの」

美里には悪いが自分が不倫していると勘ぐられたくないので、美里と芦沢のことを話してしまった。二人は月に一、二回、食事をした後に五反田《ごたんだ》のラブホテルに行くことを、他ならぬ美里から聞いていた。

「ところでさ、また有希に頼みがあるんだけど」

瀧嶋は鞄の中をまさぐった。

「この新製品のＵＳＢメモリーなんだけど、また有希の会社のパソコンで試してみてくれないかな」

手渡されたＵＳＢメモリーには、やはり瀧嶋の会社のロゴが入っていた。

「また？」

「ダメかな」

瀧嶋が申し訳なさそうに両手を重ねて頭を下げる。セキュリティ担当の佐藤に頼めば登録してくれると思ったが、有希の頭にちょっとした疑問が浮かぶ。

「会社のパソコンじゃないとダメなの？　家のだったら今すぐに試せるけど」

「いろいろモニターする対象があってね、なるべくオフィスで試して欲しいって上司に言われているんだよ」

上司にそう言われているならばしょうがないか。瀧嶋もサラリーマンだから、上からの命令には逆らえないだろう。

「わかった」

「良かった。できたら来週までに戻して欲しいんだけど」

「いいよ。来週会社のセキュリティ担当にお願いしておくから」

D

「元気ないけど大丈夫？」

　桐野は美乃里と久しぶりに横浜元町《もとまち》のイタリアンレストランで食事をした。しかし美乃里の箸が進まず、話も今ひとつ盛り上がらない。

「最近、何かと大変でね」

「転職活動が上手くいってないの？」

「転職活動は暫くお休みしているの。お父さんの会社が上手くいかなくなってから、実はお母さんが……」

　美乃里は真鯛《まだい》のカルパッチョを前に小さく溜息を吐《つ》く。

「お母さんが病気なのか」

「体は大丈夫なんだけど、すっかり落ち込んじゃって。会社の借金の返済のために、実家を売らなくちゃいけないみたいなの」

　美乃里の実家は川崎《かわさき》にあったが、一〇〇坪は下らない豪邸だった。

「それに私も忙しくて、睡眠も足りてないし」

　それは夜のアルバイトをしているからだろうか。逸子から聞いた話を確認したかったが、美乃里の方から切り出してくれるのを待っていた。

「そのワンピースはなかなかセクシーだね」

今夜の美乃里が着ているワンピースを、桐野が見るのは初めてだった。

「どうもありがとう。たまにはこういう感じもいいでしょう」

以前はピンク系のふわふわしたデザインが多かったが、最近はボディコンタイプのタイトな服を着ているようだ。

「ちょっと胸元が開き過ぎじゃないかな」

「そうかな」

下を向いて自分の胸の谷間をちらりと見る。

美乃里は以前とは別人のように艶っぽくなった。本当に夜のアルバイトをしているのならば、誰か悪い男に奪われてしまうのではないかと心配になる。

メインのオマール海老《えび》とホタテのグリルが運ばれてきた。

桐野はグラスの白ワインを飲み干すと、美乃里の顔を真っ直ぐに見る。

「美乃里。結婚しないか」

美乃里は大きな目を丸くする。

「え、急にどうしたの」

「だって美乃里の実家が、大変だから」

「それはそうだけど……」

美乃里は視線を逸らして言葉尻を濁らせる。

「俺が美乃里と結婚すれば、とりあえず美乃里本人は楽になるじゃん。そうしたら実家への援助も、少しは増やせるかもしれないし」

桐野は美乃里が心配だった。

「場合によっては俺が警察を辞めて転職するよ。そうすれば収入も良くなると思うし、一気に問題が解決するかもしれない」

サイバーセキュリティのニーズは高まるばかりで、複数の会社からかなりの条件で転職しないかと誘われていた。

しかし美乃里はグラスを片手に小首を傾《かし》げて何も言わない。昔はあんなに、結婚、結婚と言っていたのに。

「結婚に興味がなくなったの？」

美乃里の瞳が潤《うる》んでいる。

「良ちゃん、どうもありがとう。そう言ってくれるのは本当に嬉しいよ。昔だったら、すぐにうんって言えたんだけど」

再び軽く溜息を吐くと、美乃里の頬を一筋の涙が流れ落ちる。

「だけどやっぱり実家があんな状態で、私一人だけ幸せになることはできないよ。

大好きなお父さんやお母さんが、もう少し落ち着いて生活できるようにならないと、仮に私が結婚しても幸せになれないような気がするの」

「美乃里……」

ハンカチを取り出して目尻を押さえる美乃里の顔をじっと見る。

「それにね、我が家のことで良ちゃんに迷惑をかけたらいけないと思うの。良ちゃんは日本をサイバー攻撃から守るっていう大事な仕事があるわけだし、私ももう少し頑張ってみるよ」

この数ヵ月で美乃里は変わった。

昔は良くも悪くも元気が良くて天然だったが、最近の心労のせいで本来の天真爛《てんしんらん》漫《まん》さが消えていた。それが桐野には残念でもあり、歯がゆくもあった。

「本当に大丈夫？」

「どうもありがとう。でも、大丈夫。最近、ちょっとお金になりそうな話もあるし、もう少し頑張ればきっといいことがあると思うの」

B

新聞記者の藤原が、パピオンのホステスと日比谷にあるホテルのバーで密会をしていた。その薄暗いバーのカウンターで、二人が肩を寄せ合うようにして飲んでいる様子を、男は遠くの席から窺っていた。

その黒髪の美人ホステスは、胸元をV字にカットしたワンピースを着ている。それは体にフィットするタイプで、女性らしい体のラインを強調していた。

男は二人の方角に、鞄の底に仕込んだ隠し持ったカメラを向けると、立て続けにシャッターを切った。

しかしこの程度の写真ではインパクトがない。

藤原がそのホステスに気があることはわかっていたので、女の方から誘いをかければ断ることはないと思った。渋る女に金を渡し、この後藤原をホテルの部屋に誘うように命令した。

その代わり女には、ホテルの部屋に入ったら藤原がシャワーを浴びている間に、こっそり逃げてきてもいいと伝えてあった。さすがに好きでもない藤原に体を開くのは嫌だろうし、それが男の目的でもない。

その後二人はエレベーターホールに移動し部屋に向かう。男は全力で階段を駆け上り、二人が入るはずの部屋の斜め向かいの部屋に先回りする。

ドアの間を僅《わず》かに開けて目を細めていると、二人がやってきた。藤原の気が変わらないように、その左腕を女がずっと抱えているのは、男からの指示だった。

さらに彼女には、部屋の前で鍵を探すのに手間取るふりをするように指示をしてあった。なぜならば、二人が部屋に入る瞬間をカメラで撮影しなければならないからだ。

男はあらかじめ廊下の観葉植物の中に隠しカメラを仕込んでおいた。そして今、そのカメラに二人が収まるようにリモコンで遠隔操作する。

今後の作戦のために、自分の思う通りの記事を書く新聞記者が必要だった。

なかなか鍵が開かないので、我慢できなくなった藤原が部屋の前で女を抱きすくめた。さらに抗《あらが》う女を押さえつけ口づけをする。そんな大胆な藤原の行動に驚かされたが、男はリモコン操作でシャッターを連続して押した。

唇を離した藤原が女から鍵を奪って開錠すると、ドアを開けて女を突き飛ばすようにして部屋に入る。

そしてパタリと扉が閉められた。

心配になった男は、撤収せずに斜め向かいの部屋を窺った。

五分、一〇分、一五分……、そして三〇分経ってもその部屋のドアが開くことはなかった。

男は部屋の中の大柄な新聞記者が、かつて国体に出場したこともある柔道選手だったことを思い出した。

C

『あさみんが作った肉じゃが最高だな。また料理の腕前が上がったね』

　パソコンから流れて来た音声に、淑姫は耳を傾ける。自分の部屋のパソコンは浦井のパソコンをミラーリングしているため、浦井が使っているパソコンとまったく同じ動きをする。

『どうもありがとう。マー君にそう言ってもらえると、本当に料理を作った甲斐があるわ』

　浦井が富田の社用スマホの遠隔操作に成功したのは、一週間前のことだった。浦井は出入り業者を装い、遠隔操作ウィルスが添付されたメールを富田の会社の情報システム部に送った。担当者がそれをクリックしてくれたので、会社のスマホ管理システムを外部から遠隔操作できるようになった。これで富田はもちろん、富田の会社の社員全員のスマホを自由に操ることができるのだそうだ。

『あさみん、今日は一緒にお風呂に入ろうか』

『え、本気で言ってる？』

『いいじゃん。夫婦なんだから、別に誰かが見ているわけでもないし』

この新婚夫婦の会話を、浦井はどういう気持ちで聞いているのだろうか。

自分という存在ができれば、浦井はこの黒髪の日本人には執着しなくなるものと思っていた。

確かに麻美はかなりの美人ではある。お洒落《しやれ》で洗練されているので、自分とはタイプが違うかもしれないが、海を隔てた日本の新婚夫婦を覗き見て、何が楽しいというのだろうか。淑姫は釈然としない。少なくとも自分の方がずっと若いし、浦井の傍でいつでもどんな欲求にも応えてあげることができるのに。

そんな風に苛立《いらだ》つ自分に軽く当惑する。ひょっとして、自分は麻美に嫉妬しているのだろうか。

『あさみん、愛してるよ』

『マー君、私もよ』

やがて二人がキスをするような音に続き衣擦《きぬず》れの音がしはじめると、いきなりスピーカーの音が切れた。

『淑姫、ちょっと部屋に来てくれ』

部屋の電話が鳴り、不機嫌そうな浦井から呼び出された。

「その後、金の秘密はわかったか」

部屋の電気もつけずに、浦井は自分の爪を嚙《か》んでいる。

「四五歳。奥さんは三つ年下です。大学生の息子さんと高校生の娘さんがいます。住んでいるところは……」

金は淑姫の直属の上司なので、基本的なことは知っている。

「そんなありきたりの情報じゃない。金の愛人とか裏金や賄賂とか、奴のスキャンダルを知りたいんだ」

「そ、そんな」

金ならば叩けばいくらでもスキャンダルは出てくるだろうが、部下の自分にそんなことを探ることはできない。

「淑姫、おまえは金の愛人だったんじゃないのか。だとしたら奴の決定的な秘密も知っているだろう」

「違います。私と金副部長はそんな関係ではありません」

淑姫はきっぱりと否定する。

「そうなのか。この国の軍隊のセクハラはかなりのものだと聞いたけど」

確かに金に限らず、ここでは直属の上司から誘いを受けることは決して珍しいことではなかった。

「もしもそんな秘密があったとしても、あの用心深い金副部長が、そんな秘密を教えるわけがありません」

浦井は首を傾げて考える。

「確かにそれはそうかもしれないな」

淑姫は内心ほっと胸を撫でおろす。いくら浦井の命令とはいえ、できないことはできない。それにあの金を裏切るなんて、考えただけでも恐ろしい。

「わかった。じゃあ俺がいい方法を教えてやろう」

暗闇の中で、浦井の目が怪しく光る。

「淑姫、おまえはどんなことでもやると言ったよな」

淑姫の胸が騒めいた。

「俺のことで相談があると金を酒の席に誘え。女好きの金だからおまえの誘いに乗ってくるはずだ。そして隙を見て、酒にこの睡眠薬を入れろ。そしてあいつが寝込んだときに、奴のスマホをこの充電器に繋げ」

浦井は白い充電器を掲げた。

「これをスマホに挿せば、どんな機種でもその内部データをすっかりコピーすることができる」

D

「桐野君。東京オリンピックの公式ホームページを開いてくれ」

永田町の警察庁の一室に兵頭が駆け込んで来た。

『7月24日、歴史に学ばない国、日本に鉄槌《てつつい》を下す。　ムグンファの花びら』

桐野がノートパソコンを立ち上げて、公式ホームページに飛ぶと、本来ならば競技情報などが掲出されるはずのそのページに、そんなメッセージが表示されている。

すぐに桐野はその画面を兵頭に見せる。

「ムグンファの花びらを名乗っているな」

兵頭は頭を傾げながらそう呟く。

「今までムグンファの花びらは、愉快犯的なサイバー攻撃を繰り返していましたけど、オリンピックの公式ホームページが改ざんできるとなると、これはただのパソコンオタクの仕業ではありませんね」

ムグンファの花びらは、韓国のアノニマス的なハッカー集団と言われていて、今まではもともと脆弱性《ぜいじゃく》があったホームページを無差別に改ざんしていた。

「だろうな。これは相当な凄腕のハッカー、またはＡＰＴ、国家ぐるみのサイバー攻撃の可能性もあるな」

しかしセキュリティがしっかりしている組織委員会のホームページを改ざんできたということは、ソーシャルエンジニアリングなどの人的なミスを誘発させたり、クラウドサービスの穴を突いた可能性が高い。そうなると兵頭の言う通り、相当の技術の持ち主であることは間違いない。

「ところで兵頭さん、ムグンファって何ですか」

前から気にはなっていたが、桐野はその言葉の意味を理解していなかった。

「ムクゲの朝鮮語読みだ。ムクゲは大韓民国の国花だが、ムグンファの花と聞くと、俺はどうしても韓国のベストセラー小説を想像してしまうな」

「どんな小説ですか」

「『ムグンファの花が咲きました』だ。この小説は南北が共同開発した核ミサイルを日本に飛ばすというストーリーなんだ」

その本は韓国で一〇〇万部を超す大ベストセラーとなり映画化もされたそうだ。

「じゃあこの攻撃は、韓国からの攻撃ですかね。サーバーを手繰っていけば、どの国のサーバーから攻撃しているかはわかりますが」

桐野はキーボードを叩き出した。

「どうだろうか。韓国のサーバーからの攻撃だとしても、それだけで韓国人ハッカーの仕業と決めつけるわけにはいかないからな」

サイバー攻撃の相手を特定するのは難しい。どこかの国のサーバーを乗っ取って攻撃を仕掛けるのは昔からの常套手段だ。それに本当に身元を秘匿したければ、Ｔｏｒのような匿名通信を使うだろう。

「しかし令和がはじまり、日本最大の国家プロジェクトの東京オリンピックが、韓国に邪魔されたとなると、いやがうえにもネット上の過激なナショナリストを焚《た》きつけるでしょうね」

「案外それが、この攻撃の本当の目的かもしれないな」

第四章

A

部屋の灯《あか》りがついていたので、こんな時間まで瀧嶋が起きているのかと心配になる。しかし有希が鍵を開けてベッドルームの様子を覗くと、瀧嶋は鼾《いびき》をかいて寝入っていた。

テーブルにはビールの空き缶と半分に減っている焼酎ボトルが置いてあり、きっと一人で飲んでいる内に酔っ払って眠りこけてしまったようだ。ほっと胸を撫で下ろし、静かにハンドバッグをテーブルに置くと、中でスマホが光っているのに気が付いた。

留守電が一件着信していた。すぐにタップし再生する。

『夜遅くにごめんなさい。総務の佐藤君に調べてもらったら、やっぱり芦沢さんのスマホがウィルスに感染していたの。哉太君のこともあったんで、気になって電話したんだけれど』

美里からのメッセージだった。

実は美里が送ったＬＩＮＥのメッセージが、芦沢部長の奥さんに誤送信されるという事件が起こった。それを聞いた有希は哉太のことを思い出し、念のためスマホを調べた方がいいと美里にアドバイスをしたばかりだった。

本当に芦沢部長のスマホが、ウィルス感染していたのには驚いた。しかし飲み過ぎたせいもあり混乱する有希の頭では、それが何を意味するのかわからない。

時計を見ると午前二時を過ぎていた。

くたくたに疲れていて瀧嶋の横で今すぐにでも眠りたかった。しかしベッドの横のテーブルにスマホを裏に伏せて、有希は服を脱ぎはじめる。ブラを外すときにちらりと瀧嶋の様子を窺うが、むにゃむにゃと寝言のような声を発するだけで、目を覚ましそうな気配はない。

下着を脱ぎ捨てて有希はユニットバスの熱いシャワーを全身に浴びる。メイクも汗もそして体についたいろいろな汚れも、シャワーの水圧で一気に洗い流す。そしていつもよりも多めのボディソープをスポンジに付けて、いつもよりも入念に全身を洗いはじめる。

『やっぱり芦沢さんのスマホはウィルスに感染していたらしいの』

ふと、美里の留守電メッセージを思い出した。それはどういう意味なのか。芦沢のスマホを乗っ取ったのは誰だろうか。

普通に考えれば、浮気を疑った芦沢の奥さんだろう。旦那のスマホに触れるチャンスは多いはずだから、パスコードさえわかればスマホにそんなソフトを仕込むことはできるだろう。ネットでも遠隔操作アプリが売られていて、浮気の証拠を掴むためにそれらを購入する人は少なくないと美里から聞いていた。

遠隔操作アプリを入れれば、その中のＬＩＮＥのやり取りは丸見えになる。そして浮気の動かぬ証拠、決定的なメッセージを自分のスマホに転送すればいい。

『哉太君のこともあったんで、気になって電話しました』

美里の留守電メッセージが脳裏を過《よぎ》る。

じゃあ、哉太のスマホも乗っ取られていたのだろうか。

しかし浮気をしている哉太のスマホを乗っ取るならば、恋人だった自分以外に誰がするだろう。哉太の浮気相手の超美人が、自分と哉太の関係を壊すためにわざとやった可能性もなくはないが、ならばその直後に忽然といなくなった意味がわからない。

やっぱり哉太は、ただの誤送信だったのだろうか。

ふと哉太の顔を思い出したら、目から涙が零れてきた。あの頃は刺激のない平凡な毎日だったけど、普通に幸せではあった。

パジャマに着替えてドライヤーで髪を乾かし終わると、時計の針が午前二時三〇分になっていた。

今夜はすっかり遅くなってしまった。明日も仕事があるので、一刻も早く眠りたかった。ベッドでは相変わらず瀧嶋は熟睡していたので、部屋の灯りを消すとその横に滑り込み目を瞑《つむ》る。

しかしスマホのアラームをセットしなければならないことを思い出した。有希はむくりと起き上がり、ベッドの横のスマホを手にしようとする。その時微《かす》かな違和感を覚えた。有希は手に取ろうとしたスマホを見て首を捻る。

確かこのスマホは、シャワーを浴びる前に裏にして置いたはずだった。

有希はもう一度、瀧嶋の顔を覗き込むが、相変わらず無防備な寝顔を晒している。

有紀のスマホは、表になって置かれていた。

D

『ムグンファの花びら、東京オリンピック公式ホームページにサイバー攻撃。ソウルのサーバーからの犯行であることが明らかに』

そんな毎朝新聞のスクープをはじめ、すべての新聞が東京オリンピック公式ホームページを改ざんしたサイバー攻撃を一面で報じた。官房長官はいち早く『冷静かつ速やかに対策を行う』というコメントを発表し、ワイドショーや週刊誌は競うようにその続報を伝えていた。

永田町のセキュリティセンターでは、緊急対策会議が開かれていた。

「ムグンファの花びらは、今までは脆弱性に問題がある病院や大学などのホームページを改ざんしてきたが、今回はまったく違う。これはかなりレベルの高いハッカーによる攻撃だ。またソウルにあるサーバーからの攻撃であることも確認できた」

提携している民間のセキュリティ会社が、いち早く犯行に及んだサーバーの所在を特定した。

「サーバーが韓国にあったことをスクープしたのは毎朝だけだ。どうして毎朝は、ここまで踏み込んで書けたのか。窪田君、何か情報を摑んではいないか」

逸子は大きく首を左右に振った。

あのスペインバルでの誘いをスルーしてから、桐野は逸子と話をしていなかった。

浦井の動向や自分の恋人の秘密を知っているなど、彼女の情報収集能力は飛びぬけているが、どこでそんな情報を手にしたのか。下手に接近すると、何かの謀略に巻き込まれるのではと警戒していた。

『サイバーセキュリティセンター内に、北のスパイがいる』

浦井の警告にあったように、逸子がセンター内に潜入した北のスパイであることも、十分にあり得ると思っていた。

「ムグンファの花びらが、秘密裏に政府に接触してきたりはしていないのですか」

防衛省から派遣された背の高い男がそう訊ねる。

「桜庭大臣にも確認したが、そんな情報は聞いていない。三嶋君、公安にそんな情報が入ったりはしていないか」

「何度も問い合わせましたが、公安でもムグンファの花びらが接触してきたという情報は入手していません」

銀縁の眼鏡の生真面目《きまじめ》そうな若者がきっぱりと否定する。

「この攻撃はＡＰＴ、つまり外国の組織的な攻撃である可能性も十分にあり得る。今後は国の重要インフラが狙われることも、想定しなければならない」

中村のその発言に会議室が騒めいた。

公式ホームページが改ざんされたのは確かに屈辱的ではあるが、原子力発電所や交通や通信の重要インフラを攻撃されるのに比べれば大したことではない。

「先日のブルーチームとレッドチームの演習からも、それなりの成果を得られたが、今一度重要インフラのセキュリティを徹底して欲しい」

先日行われたサイバーセキュリティ演習は、ネットで繋がっている今の重要インフラ施設の脆弱性を炙り出した。その一方で日本の発電所や交通システムは、かなりの施設がインターネットと繋がっていないスタンドアローン型、つまり独立したシステムであることも判明した。それらの施設のシステムは、ネット経由の攻撃は受けないのでとりあえず安心だった。

「ムグンファの花びらは、本当に韓国の愛国ハッカーなんでしょうか」

思わず桐野が声をあげる。

ムグンファの花びらの後ろには浦井がいると睨んでいた。浦井の指紋が付いた郵便がソウルから送られてきたことが、この攻撃と無関係なはずはない。

「疑う根拠が、何かあるのか」

「……いいえ、根拠となるものはありません」

桐野は手紙のことを言いかけたが、慌てて言葉を飲み込んだ。

『サイバーセキュリティセンター内に、北のスパイがいる』

あの文面を思い出したからだ。

逸子や三嶋、そしてここにいる大勢のスタッフ。さらにセンター長の中村だって、北のスパイである可能性は捨てきれない。

そんな重要な情報をここで話すわけにはいかないと桐野は思った。

A

「有希ちゃん、このＵＳＢメモリー、誰からもらったの」

いつものように仕事をしていると、セキュリティ担当の佐藤に小声で訊ねられた。

「私の彼氏だけど、何か問題があった」

佐藤は有希の耳元に顔を近づける。

「ウィルスに感染しているよ」

有希は驚いて佐藤を見る。しかしその表情は真剣で、とても冗談を言っているようには見えない。

「だからこれは使えない」

有希は瀧嶋の会社のロゴが入った白いＵＳＢメモリーを手渡された。

「きっとどこかで感染しちゃったんだね」

慰めるように佐藤は言ったが、そんなことがあるだろうか。瀧嶋はこれを、新製品のモニターとして使ってくれと言っていた。

「このことは内緒にしておくけど、何か面倒なことがあったら相談してね」

佐藤は困ったような顔をする。

「気を使わせちゃってごめんね。彼氏に今度事情を訊いとくから」

「うちなんかセキュリティを気にする秘密なんかないはずなんだけど、芦沢さんが、急にうるさくなっちゃってね。先週、ウィルス対策ソフトのワクチンファイルを最新のものにしたばかりなんだよ」

有希は芦沢の様子を窺った。芦沢はデスクで、難しそうな顔をしてパソコンを打っている。美里からの留守電メッセージのことを思い出す。芦沢のスマホが誰かに乗っ取られたから、急にセキュリティを強化する気になったのだろうか。

「ムグンファの花びらとか、海外からのサイバー攻撃が激しくなっているからね」

「何なの、そのムグンファって」

「ああ、世間を騒がしている韓国のハッカー集団だよ。オリンピックに向けて日本にサイバー攻撃を仕掛けたりしてるけど、有希ちゃんは知らないかな」

「ああ、あのホームページが書き換えられちゃった事件の犯人ね」

「だからますますセキュリティには気を付けようってことになったらしいよ」

「こんなに小さな会社なのに」

有希はぐるりと首を回して周囲を見回す。

有希の会社は小さなビルの四階と五階にあり、ワンフロアに三〇人ほどの社員が働いていた。有希がいる五階の奥に役員室があるが、個室があるのは社長と会長だけだった。

「うちは小さいけど、親会社は大企業だから。それにサプライチェーン攻撃っていうんだけど、まずは子会社や取引先にサイバー攻撃をして侵入し、そこから本来の攻撃目標の親会社や取引先に迫るサイバー攻撃が流行《はや》っているんだよ」

サイバーセキュリティの重要性が叫ばれる昨今、さすがに大企業はそれなりの対策を取っていた。しかしその子会社や取引先は、そこまでのコストや人材をセキュリティに割《さ》くのは難しい。

取引先を騙《かた》ってメールを送り、まんまと大金をせしめた犯罪も起こっていると佐藤は言う。

「日本の航空会社にアメリカのリース会社から、三億円の航空機リースの請求書が届いたんだ。それは実在する取引だったんで、経理担当者は速やかにそれを支払おうとした。しかしその直後にその振込先を訂正するメールが届いたんだ」

「まさか、そのメールが偽物だったの？」

「そうなんだよ。担当者は犯人の偽の振込先にお金を入金しちゃったんだ」

「電話で確認とかしなかったの」

「時差もあったし、何しろ振り込みを急《せ》かされていたらしいからね」

「でも三億円でしょ」

「その会社では三億円ぐらいの取引はしょっちゅうあるんで、疑わなかったらしい。まあ、飛行機のリースだからね。それにメールの文面も請求書の書類も本物そっくりだったんだ。何しろ直筆のサインも添えられていたから」

「どうしてそんなことができるの？」

「そのハッカー、まあこういう悪い奴らはクラッカーっていうんだけど、奴らはずっとその二社の担当者間のメールを監視していたんだ。だから過去の請求書の書式も熟知していたし、直筆サインの特徴も完璧に摑んでいた」

有希の背筋が寒くなる。

「実はここだけの話だけど、芦沢さんから社員のメールの内容を調べるように言われているんだ」

「そんなことやっていいの。プライバシーの侵害なんじゃないの」

「できるよ。だって就業規則に書いてあるから」

そう言われたので確認すると、社内掲示板に載っている会社の就業規則には、そんな条項がしっかりと書かれていた。

「おかげで社内恋愛一件と、社内不倫を三件も見つけちゃったよ」

「ええぇ、まじで？」

こんな小さな会社で、そんなことが行われていたなんて。

「若い人はＬＩＮＥがあるけど、意外と年配の社員は会社のメールアドレスを私用に使っているからね。キャバ嬢からの営業メールみたいなのは、数えきれないほどあったよ」

「それ報告するの」

「うーん、ケースバイケースかな。まあ、芦沢さんがどう判断するかだな」

そうなると、誰と誰がそういう関係なのかが気になる。しかし、さすがに佐藤の口も堅かった。

「もっとも社内恋愛や不倫をしてはいけないという就業規則があるわけではないから、それで処分をされることはないと思うよ。だけど取引先にバックマージンを要求している社員が一人いて、さすがにこれは問題になるかもしれないな」

本来はそんな不良社員の監視のために、就業規則にそんな条項が書かれているのだろう。

「だから有希ちゃん、社内メールは絶対に私用では使わない方がいいよ。調べようと思えば、簡単に調べられちゃうからね」

「わかった。気を付けるよ」

「それと上司の悪口も書かないように」

有希が神妙に頷くと、佐藤はニヤリと笑顔を見せる。

「しかし俺もスパイをやらされているみたいで本当に気分が悪いよ」

C

「淑姫は韓国に来たことはあるの」

「過去に何度かあります。一カ月ぐらい住んでいたこともありますから、何かわからないことがあったら私に聞いてください」

北の工作員の手配により、淑姫は浦井と韓国に密入国した。

当初は、浦井の出国に金は難色を示していた。

『韓国での作戦がうまく行けば、金副部長の秘密口座に二万ドルを振り込みます』

しかし浦井がそう提案すると、金はあっさり浦井の出国にOKを出した。淑姫が充電器を使って金のスマホをウィルス感染させたので、浦井は金が今まで受け取った賄賂を海外の秘密口座に蓄財していることを突き止めることができた。

金は淑姫とともに行動することを提案した。浦井も韓国語を話せるわけではないので、それをすんなり受け入れた。

『일본인 애국 해커가、우리 나라에 사이버 공격 (日本人愛国ハッカーが、我が国にサイバー攻撃)』

『병원、학교、민간기업을 무차별 공격（病院、学校、民間企業を無差別攻撃）』

そんな見出しの新聞が、ソウル駅のスタンドで売られていた。

オリンピックのホームページへの攻撃に怒りを覚えた日本人ハッカーが、報復として韓国の団体や企業のホームページを無差別に改ざんしたと伝えていた。

事態は作戦通りに進んでいた。

浦井は韓国に潜入すると、「ムグンファの花びら」を名乗って日本のオリンピック組織委員会のホームページを改ざんした。今まで「ムグンファの花びら」を名乗って日本の企業や団体などのホームページを改ざんしていたのは、北のサイバー部隊の仕業だった。そして今、韓国の企業や団体のホームページにサイバー攻撃をしているのも、日本に潜入している北のサイバー部隊だった。

このアイデアは金から提案されたものだった。

「既に世界は新しい戦争の時代に突入しているからね」

淑姫にも、浦井のその言葉の意味することはわかっていた。

弾丸やミサイルが飛び交って、人と人が殺し合う戦争は終わろうとしていた。今や戦場はインターネットの中にある。ネットを使った情報戦で、国家間の同盟関係を毀損《きそん》させ、反政府勢力を勢いづかせることなどは、サイバー部隊を持つ国ならば当然のように行っていた。

「思っていたよりランサムウェアで儲かりそうだ。これで金副部長の二万ドルを稼がないといけないからね」

浦井が白い歯を見せる。

浦井は「ムグンファの花びら」の名前を使い、日本の企業や団体にランサムウェアを送り付けていた。最近ランサムウェアは個人よりも法人をターゲットにするものが多く、日韓関係がらみで変なトラブルに巻き込まれるのを恐れて、こっそり身代金を払う企業や団体は思いのほか多かった。

「それにここで生活する金も稼がないといけないからね」

浦井が韓国に来た理由の一つは、北朝鮮で監視され続ける生活がいよいよ嫌になったからだそうだ。江南《カンナム》スタイルで有名になったソウルの高級住宅街に、浦井は一軒家を借りて拠点とした。

「浦井さんは、ここから東京オリンピックへのさらなる攻撃を仕掛けるんですか」

淑姫は浦井の行動を、逐一報告するように金に厳命されていた。

「そうは言われているんだけど、どうしようかなと思ってる」

D

「桐野君。わざわざこんなところに呼び出してすまなかったな」

兵頭に警察庁の一室に呼び出された。警察庁内には絶対に盗聴できない秘密の部屋があるらしいが、ここがその部屋なのだろうか。

「セキュリティセンターではできない話なんですね」

兵頭は大きく頷いた。

「桐野君も気付いているかもしれないが、あそこには北のスパイが潜入している。だから迂闊《うかつ》なことは話せない」

「兵頭さん。どこからそんな情報を」

「公安、外事警察を甘くみないでいただきたい。桐野君のところに、ソウルから手紙が届いたことも知っているよ」

桐野はその事実を、サイバーセキュリティセンター内では誰にも話していなかったし、神奈川県警でも極秘扱いにしてもらっていた。

「ひょっとして、兵頭さんはゼロの一員なんですか」

公安や外事警察には、各県警を横断した秘密の繋がりがある。その組織の存在は暗黙の了解で、ゼロ、またはチヨダなどと呼ばれている。この組織は全都道府県の優秀な公安部員を縦横に使うことができ、さらに領収書のいらない工作費も潤沢にあるらしい。この組織は太平洋戦争で優秀なスパイを輩出した陸軍中野学校の流れを汲むもので、つまり日本の防諜《ぼうちょう》組織としては最後の砦《とりで》のような存在だった。

「そのことについて、俺の口からは何とも言えない。しかしセキュリティセンターに北のスパイがいることは間違いない」

「スパイが誰なのかは、兵頭さんでもわからないのですか」

「残念ながらわからない。しかし内調も自衛隊も、そしてこの公安にも、ネズミがいない方が珍しい」

ネズミは敵対組織の内部通報者、つまりスパイの隠語だった。

「桐野君、その手紙には何と書かれていたんだ」

「兵頭さんが言った通りです。内閣セキュリティセンター内にスパイがいることを警告していました」

「宛名は」

「特に何も書かれていませんでした」

「手紙には、誰かの指紋が付いていたんじゃないのか」

眠そうな目が怪しく光る。ゼロを甘く見てはいけないと思った。既に自分がゼロからマークされていることは間違いないようだ。

「ところで桐野君。この写真の女性を知っているか」

兵頭は急に話題を変えて、一枚の写真を差し出した。そこには遠くから撮影した一人の女性が写っていた。

「誰ですか」

「浦井が逮捕された時に、彼の隠れ家に拉致《らち》監禁されていた被害者だ。危うく殺されそうになったが、間一髪のところで救出された。彼女の名前は稲葉《いなば》麻美。今は結婚して富田麻美と名前が変わった」

浦井は五人の女性と一人の男性を殺したが、一人だけ未遂で終わった女性がいた。その女性がこの写真の女だった。

「今、この女をキチョウしている」

キチョウとは基礎調査のことだった。それは協力候補者、つまり公安のスパイや情報提供者となってくれそうな人物の周辺を、徹底的に調べることだった。彼らの経済状態や異性同性の交遊を調べ、さらには犯罪歴、政治信条、宗教、家族や仕事上で困っていることまで、調べることは実に多岐にわたる。

借金がある、不倫をしている、ギャンブルが止められない。調べていけば必ず弱みが見つかる。もしも本人にやましいことがなかったとしても、子供の教育や就職、配偶者の不満やトラブル、親の病気や介護などまで調べれば、何の弱みもない人間はまずいない。そしてその弱みに付け込んで協力者に仕立て上げるのが、公安捜査の常套手段だった。

「この女性の髪も黒いが、浦井が黒髪の女性を愛するのは母親の影響らしいな」

桐野は無言で頷いた。

浦井の母親は極度のネグレクトだった。その母親が黒髪の女性だったので、桐野の屈折した愛情は黒髪の女性に向かうことが多かったことを兵頭に説明する。

「この女性に協力してもらって、浦井を誘《おび》き出《だ》せないかと思っているところだ」

「一般の女性、しかも事件の被害者をですか」

兵頭は何も言わずに頷いた。

「一度は浦井に殺されそうになった女性ですよね。そんな人物が警察に協力してくれるでしょうか」

「協力してくれるかどうかの問題じゃないんだよ。彼女を利用して浦井を誘き出す方法がないかを君に訊いているんだ」

兵頭の冷たい目を見て桐野の背筋がゾクリとする。

「俺は公安の外事警察だ。利用できるものは何でも使う。盗聴、尾行、通信の傍受、あらゆる手段を使うことも躊躇《ためら》わない。たとえそれが多少法に触れても、国益と国民の生命を守ることの方が重要だ」

桐野は「転び公妨」という言葉を思い出した。

刑事が自分で転んだくせに公務執行妨害で被疑者を逮捕するたとえで、事実上の不当逮捕だった。駐車違反のような軽い道路交通法違反やただの迷惑条例違反でも、公安は被疑者を逮捕して強引に取り調べる。

「我々の敵は、他国で訓練された本物のスパイだ。テロや殺人さえも厭《いと》わない最恐最悪の相手に対抗するためには、手段を選んではいられないんだ」

桐野には返す言葉が見つからない。

「とにかく浦井は、この女性に異常な執着を抱いていた。そしてひょっとすると、その感情は今も続いているかもしれない。桐野君、どう思う」

「浦井はかなりの自信家です。売られた喧嘩は必ず買うタイプで、しかも自分が負けるとは微塵《みじん》も思っていません。その女性への執着が本物ならば、何か浦井を誘き出させる方法があるかもしれません」

A

一時間も前に会社を出たのに、有希は帰路につかずに公園のベンチで考えを整理していた。有希の手の中には、瀧嶋の会社のロゴが書かれた白いUSBメモリーが握られている。

どうしてこれが、ウィルスに感染していたのだろうか。

瀧嶋が有希に渡す前に、瀧嶋、または瀧嶋の上司や同僚が、感染していたパソコンにこのUSBメモリーを繋いでしまった。そう考えられないこともない。前回瀧嶋から渡されたUSBメモリーは、会社のパソコンに繋いでも何の問題も起きなかった。

有希はそう思い込もうと思った。

しかし、たぶんそれは違うだろう。前回繋いだ時にはまだアンチウィルスソフトが強化されていなかったから、ウィルスに感染していたことがわからなかっただけだろう。

しかし何のために、そんなことをしたのだろうか。

大企業である瀧嶋の会社が、わざわざ小さな有希の会社のネットワークを攻撃するわけがない。

それと同時に気になるのは、昨夜の出来事だ。

完全に寝ていると思っていた瀧嶋が、自分のスマホをチェックしていた。帰りが遅くなったから、浮気していたとでも思ったのだろうか。束縛の強い瀧嶋のことだから、そんなことをしても不思議はない。

しかしこのUSBメモリーの一件で、有希の中の疑念が膨らんでしまった。

そもそも瀧嶋との交際は、この公園で有希がスマホを拾ったことがきっかけだった。そして渋谷のTSUTAYAで、奇跡のような再会をしたが、その日は八年間付き合っていた哉太と別れた当日だった。哉太と別れたのは一通のLINEの誤送信がきっかけだったが、そんなLINEは送っていないと哉太は言った。その時は聞く耳を持たなかったが、もしも哉太が言っていたことが本当だったらどうなのか。

そして美里の不倫相手の芦沢のスマホも、遠隔操作ウィルスに感染していた。

自分のまわりで、不可解な事件が起こり過ぎている。

有希はUSBメモリーに書かれた瀧嶋の会社のロゴを見る。

有希の会社にも狙われる秘密がないとはいい切れないが、そもそもこんな大企業が非合法な手段を使うはずがない。

いや、待てよ。

有希の脳裏に、根本的な疑問が浮かび上がる。

瀧嶋は、本当にこの大企業の社員なのだろうか。

今までに何度か会社のことを聞いたことはあったが、社員証を見せてもらったわけではない。しかし名刺を一枚貰ったはずだ。有希はハンドバッグの中の自分の名刺入れを取り出して、入れっぱなしだった瀧嶋の名刺を引っ張り出した。

ここに電話をかけてみようか。

デスクに瀧嶋がいて有希の電話に出れば、このバカげた妄想はすぐに終わる。

有希はスマホを取り出して、名刺に書かれた番号をタッチする。

通話ボタンを押してスマホを耳に当てると、呼び出し音が何度か響いた。

「もしもし……」

電話に出た女性が会社名を言ったので、有希は自分の名前を名乗る。

「すいません。そちらに、瀧嶋慎一さんという社員の方はいらっしゃいますか」

『はい、おりますが』

有希はほっと胸を撫でおろす。やはり自分の思い過ごしだ。瀧嶋がその会社の社員でないなどあり得ない。

「今、いらっしゃいますか」

瀧嶋の存在が確認できたから切ってしまってもよかったが、ちょっと驚かしてやろうと有希は思った。

『はい。代わりますね』

耳馴染みのある電話の保留音が聞こえてくる。瀧嶋が電話口に出たらなんと言おうか有希は頭を巡らせる。

『もしもし、瀧嶋です』

スマホから野太い男の声が聞こえてきた。

「もしもし」

『もしもし？』

「……すいません。あなた本当に瀧嶋さんですか」

『はい、瀧嶋慎一ですが』

それは有希が聞いたことのない声だった。

B

「この間はムグンファの花びらのアクセスログを提供してくれて、本当に助かったよ。あの段階でソウルのサーバーだと特定できたのは我が社だけだった。竜崎さん、いつも貴重な情報をありがとう」

毎朝新聞の藤原から、「今夜会えないか」と急に電話がかかってきたので、赤坂の老舗《しにせ》料亭で落ち合った。

「大したことはありませんよ。でも藤原さんのお役に立てて嬉しいです」

有田焼《ありたやき》の徳利《とっくり》を、藤原が掲げたお猪口《ちょこ》に傾ける。

「今までのムグンファの花びらの活動は愉快犯的なものが多かったが、あの組織委員会のホームページの改ざんは完全にプロの手口だな。奴らの本当の目的はなんだろう。竜崎さん、あなたは何かを知っているんじゃないのか」

「さあ、どうでしょう」

手酌で注いだお猪口から熱い日本酒を一口啜る。

「それよりも急に会いたいだなんて、何かあったのですか。電話では話せないようなことなんですね」

小声でそう話かけると、藤原は小さく首を縦に振る。

「実はちょっと困ったことが起きた。竜崎さんにも関係のあることだから、相談に乗ってもらいたくて」

「どうしましたか」

藤原は鞄の中から一枚のペーパーを取り出して、テーブルの上に差し出した。

『毎朝新聞の敏腕記者。銀座のホステスをホテルでレイプ』

それには藤原が、黒髪のホステスに強引にキスしている写真が掲載されていた。

「これをどこで入手したんですか」

「今朝、会社に私宛で郵送されてきた。社内をさりげなく探ってみたが、まだ他には出回っていないようだ。相手のホステスというのは、竜崎さんに紹介してもらったパピオンのホステスだ。だからひょっとして、竜崎さんならばこの怪文書の出どころも、わかるんじゃないかと思って」

もちろん、この怪文書の出どころはわかっている。男が自分で撮影した写真を使って、自ら作成して藤原に送りつけたものだからだ。

「しかしこのレイプというのは嘘だ。確かに私はあの女とホテルに行ったが、レイプなんかしていない」

「合意の上だったと」

「その通りだ」

藤原は本気でそう思っているのかもしれない。女にはシャワーを浴びている間に、抜け出して来いと言ってあったが、そんな隙すら与えなかったのだろう。

「たとえ合意の上だったとしても、このスキャンダルは藤原さんのサラリーマン、そしてジャーナリスト生命に致命的な傷をつけかねませんね」

「そうなんだ」

藤原は呻《うめ》くように深い溜息を吐いて顔を顰める。

「それにこの怪文書が、奥様に送りつけられないとは限りませんしね」

「かみさんに知られたら、大変なことになってしまう。だから何としても相手と早めに接触して、なるべく穏便に済ませたい。竜崎さん、何とか力になってくれないか」

藤原の弱点は妻だった。藤原は毎朝新聞の重役の娘と結婚していて、妻の実家に頭が上がらなかった。しかも過去に何度か浮気がばれたこともあり、こんな怪文書の存在が知られたら離婚騒動になるのは間違いない。

「わかりました。ちょっと心当たりもありますので、調べてみましょう」

「そうか、どうもありがとう」

藤原はやっと笑顔に戻り、目の前のお猪口をぐいと飲み干す。

「ところで藤原さん。あの大学の許認可に関する総理の横やりは、記事になったりしませんかね」

以前、パピオンのホステスに喋らせた総理のスキャンダルのことを訊ねてみる。あれが新聞で記事になれば、内閣支持率にも大きく影響するはずだ。

「あれは確かに面白いネタだが、あくまで状況証拠だけというか、一般紙で記事にするには弱すぎるな」

藤原が好きそうなネタだと思ったが、思っていたよりもノリが悪い。

「そこを藤原さんの力で、何とかなりませんかね」

「冗談じゃない。麻美をそんな危険なことに協力させるわけにはいきません。やっとあの事件のトラウマから立ち直って、平穏な暮らしを取り戻せたところなんです。申し訳ありませんが、お断りさせていただきます」

D

兵頭と桐野は、麻美の夫である富田誠を、彼の会社近くのビジネスホテルに呼び出した。妻の麻美に捜査に協力してもらいたいと要請したが、予想していた通り、富田の反応は厳しかった。

「我々が完璧に警備しますから、絶対に危険な目には遭わせません。ですから奥さんに、是非、我々の捜査に協力していただくように、富田さんからも説得していただけませんか」

兵頭がなおも説得を続けるが、富田は大きく首を振る。

「浦井は北の独裁国家と組んで、サイバーテロを計画しています。東京オリンピックを平和裏に開催するためにも、是非、富田さんご夫婦のご協力を賜りたい」

こうやって一般の協力者を説得することを公安用語でカクトクと言う。うまくカクトクできた協力者は、やがて公安のリストにトウロクされてさらにイクセイされる。

「絶対にダメです。僕らは被害者だったんですよ。それにそんなことをしたら、またあの男に襲われる危険性だってあるでしょう」

富田は鼻を膨らませる。

「浦井は既に海外に逃亡しているので、お二人は絶対に安全です。警察では浦井の指紋やＤＮＡ情報など、彼の生体情報をすべて把握しています。すべての空港や港湾の税関にはその情報が行っていますから、お二人が日本で浦井から物理的な攻撃を受ける危険性はありません」

「しかし相手は天才ハッカーです。ネットを通じて、想像もできないような罠を仕掛けてくるかもしれないじゃないですか。事実僕たちはＳＮＳを乗っ取られて疑心暗鬼になって、挙句には殺される寸前まで追い込まれたんですよ」

妻の麻美はもちろんだろうが、富田にとってもその恐怖は拭いきれていないのだろう。

「どうしても協力していただけませんか」

「無理です。絶対にできません」

富田は腕を組んだまま左右に大きく首を振る。

「富田さん。確かにあなた方は被害者でもありますが、麻美さんは犯罪者でもありますよね」

　そう言ったのは兵頭だった。

「どういうことですか」

　眉間《みけん》に皺《しわ》を寄せながら富田はそう訊ねる。

「戸籍のすり替えは犯罪です。詐欺罪が適用されれば最高で懲役一〇年です。執行猶予がつかない可能性だってありますよ」

　みるみるうちに富田の顔が蒼白になる。

「それに富田さんのご実家は、麻美さんの過去の仕事のことはご存じなんですか」

　兵頭は手加減しなかった。それはもはや協力の要請というよりも、警察からの脅迫だった。

「な、何のことですか」

「富田さんの奥さんが、渚《なぎさ》さおりという名前のアダルトビデオの女優だったってことですよ。そのことをご実家のご両親はご存じなんですか」

　当然接触する前に、兵頭は全力で二人のことを調べ上げた。富田の会社の人間関係、実家や兄弟の職業や経済状況、そして麻美の友人や現在の行動パターン。そして何より麻美が行った戸籍のすり替え、そしてその原因となった過去の秘密、そのすべての情報を兵頭はすっかり手に入れていた。

「いや、別にアダルトビデオに出演することは犯罪ではありませんので、我々は何も申しません。しかし戸籍のすり替えは重い罪です。しかもそれをやった人物が、あの連続殺人鬼の最後の被害者だったと世間に知られれば、果たして我々でもマスコミを押さえられるかどうか」

A

「ただいまー」

瀧嶋が部屋に帰って来た時、有希はどう出迎えていいのかわからなかった。

「あれ、今日のご飯は」

いつもならばテーブルの上に用意している晩御飯を、さすがに作る気にはなれなかった。瀧嶋の会社に電話をかけて、聞いたこともない瀧嶋慎一の声を耳にしてから、有希の頭の中は真っ白になっていた。

「有希、何かあったの」

いつも通りの笑顔でそう訊ねられた。

その笑顔があまりに自然で、今日一日の様々な出来事がなかったような気もしてくる。しかしこのままうやむやにできることではない。

た。

「これ」

有希はカバンの中から白いＵＳＢメモリーを取り出して、瀧嶋の前にそっと置い
「このＵＳＢメモリー、ウィルスに感染しているって」

「本当？　そっか、そっちも不具合があったんだ。いや、ごめんね。何かバグが出たらしくて、他にも感染しているって言われたＵＳＢがあったらしい。有希、迷惑をかけちゃったみたいだね。ごめん。この通り、謝るよ」

自然な口調で頭を下げるその姿に、有希は底知れぬ恐怖を感じた。

「ねえ、あなたは誰なの」

そんな言葉が思わず口を衝《つ》く。

「へ。何言ってるの」

有希の喉はカラカラに乾いていた。この狭い部屋で、自分は誰と話しているのか。真実を確かめたいという思いと、恐ろしい事実を知りたくない気持ちが錯綜《さくそう》する。

「正直に言って。ねえ、あなたは一体何者なの」

「どうしたの、有希。何か変だよ。会社で何かあったの」

瀧嶋が一歩有希に向かって踏み出すと、有希は二歩後ろに下がる。

「あなたの本当の名前は何なの」

「何言ってるの。瀧嶋だよ、瀧嶋。瀧嶋慎一」

内ポケットから定期入れを取り出して、そこにある免許証を有希の目と鼻の先に突き付ける。そこには目の前の男の写真と、瀧嶋慎一という名前が書かれていた。現住所は人形町で、生年月日も瀧嶋から聞いたものと同じだった。

「今日、慎ちゃんの会社に電話したの。そしたら瀧嶋慎一っていう名前の全然知らない人が電話に出たの。ねえ、本当のことを教えて、あなたは一体誰なの」

「あ、はははは……」

突然、瀧嶋が笑い出した。

「何だそういうことか。いや、実はうちの会社にもう一人いるんだよ」

「もう一人いる？　どういうこと」

「いやうちの会社に俺と同じ読み方のタキシマシンイチっていう社員がいるんだよ。だから、時々、そんな間違いが起こるんだけど、まさか有希が会社に電話をするとは思わなかった。事前にちゃんと言っておけばよかったね」

瀧嶋は楽しそうに笑いながらそう言った。

「私、訊いたの。この会社に瀧嶋慎一という人は二人いたりしますかって」

瀧嶋の顔から笑いが消える。

「そうしたら、その電話に出た人が言ったの。この会社で、タキシマシンイチという名前の社員は、私一人だけですって。他の部署にもおりませんって」

D

「あなたがやった戸籍の成りすましは、背乗りと言って戦後の混乱期によく行われた行為です。これは極めて重大な犯罪で、詐欺罪が適用される可能性もあります」

桐野と兵頭は、富田麻美に接触した。

夫の富田誠とは、警察に協力するか否かは最終的に麻美次第という結論となった。

「背乗りは北朝鮮のスパイが拉致事件で暗躍した時に、日本人に成りすますためによく使っていました。中には日本で一般の女性と結婚しさらに子供までもうけて、完全に日本人になりすましていた連中もいました」

場所は富田誠の自宅で、旦那である富田も同席のもとで行われた。麻美の説得は兵頭が行い、桐野は自己紹介をしただけだった。

「ですから我々は、あなたが北のスパイなのではないかと疑ったぐらいです」

「ちょっと、失礼なことを言うのはやめてください」

富田誠が兵頭を睨《にら》む。

「すいません、言い過ぎました」

兵頭は小さく頭を下げる。

「主人からもそのことは聞きました」

麻美は毅然《きぜん》とした表情でそう言った。

「そこで相談なんですが……」

軽く脅して交渉の主導権を取る。戸籍の成りすましという犯罪を揉み消す代わりに、公安に協力させる。それが兵頭の作戦だった。

「待ってください。その前にはっきりさせておきたいことがあります」

「ほう、それはなんでしょうか」

兵頭が僅かに小首を傾げてそう訊ねる。

「私は自首します」

その意外な一言に兵頭は言葉を失った。そんなことをされてしまえば、シナリオが完全に狂ってしまう。

「ちょっと待ってください。奥さん、もしも自首となれば、当然留置所に入って取り調べとなります。そしてやがては裁判となります。執行猶予は付かないかもしれませんよ」

兵頭の言うことは必ずしも正しくはない。逃亡の危険性がなければ留置所には入れられない。しかも余罪のない麻美ならば、執行猶予が付く可能性は高い。

「しかしやってしまったことは事実です。私は私の罪を償います。昨日主人と話して、主人も同意してくれました」

桐野と兵頭は目を見合わせる。麻美のその決意は立派だが、そうなったら彼女を捜査に協力させることはできない。

「しかしもしも裁判となったら、あの連続殺人鬼の浦井に狙われていたあなたに、そんな秘密があったことをマスコミが嗅《か》ぎ付《つ》けるかもしれませんよ」

麻美の顔に翳《かげ》が差す。

「そうなったら、麻美さんがやっていた過去のいかがわしい仕事のことも、暴露されてしまいますよ」

麻美は眉間に皺を寄せて俯《うつむ》いた。

「兵頭さん、それは脅《つ》迫ですか」

富田が目を吊り上げる。

「そうなったときに起こり得る話をしているだけです」

兵頭は富田に冷たく告げると、今度は麻美の顔をじっと見る。

「麻美さんはそれでいいかもしれません。しかし警察の私が言うのも何ですが、旦那さんのご両親やそのご兄弟、そして親戚の方々のことを考えれば、あまり賢明だとは思えませんが」

思わず顔を伏せる麻美を、富田が心配そうに見つめる。

「とんでもないことになりますよ。しかし我々に協力さえしてくれれば、すべてをなかったことにできるんです。我々は警察の中でも特殊な立場にありますから」

それは説得と言うよりもまさに脅迫だった。桐野は公安警察の闇を垣間見《かいまみ》たような思いがした。公安警察だった桐野の父も、かつては同じようなことをしていたのだろうか。

「奥さん。もしも我々に協力できないとなれば、きっと困ったことになると思いますよ。こういうことは一度マスコミに知られると、事あるごとに面白おかしく取り扱われてしまいますから」

麻美は一瞬兵頭を睨むが、その眼光の鋭さに怯《ひる》み視線を落とす。

兵頭の言葉が効いているのは確かだが、ちょっと高圧的に攻め過ぎだと桐野は思った。過去にアダルトビデオに出演したからといって、それ自体は法に触れる行為ではない。麻美に開き直られたら、説得する材料を失ってしまう。

「それでもけっこうです」

「本当にいいんですか」

兵頭の語気が荒くなる。

「私は自首をします。そしてそれが富田の家族や親戚に許されないことならば、私は富田と離婚します。私はもうこれ以上、嘘をつきながら生きたくないんです」

涙ながらに麻美は言った。

「あさみん、離婚する必要なんかない。その時は僕が家族と絶縁するだけだ」

きっとこの件はさんざん二人で話し合ったのだろう。麻美の意思は相当に堅いと桐野は思った。

「まあまあ、皆さん落ち着いて」

桐野は笑顔を作って三人の間に入る。協力者を追い込んで頑《かたく》なにしてしまえば、元も子もない。

「奥さんがそういうご意思ならば、それはそれでけっこうです。兵頭さん、ここは一旦、奥さんに自首をしてもらいましょう」

そう言いながら兵頭を見ると、曖昧ながらも首を振る。

「その代わり我々が直接奥さんを取り調べして、調書を取らせていただきます」

麻美の視線がまっすぐ自分に注がれる。

「しかし自首をして取り調べを受けたところで、必ずしも裁判になるとは限りません。裁判にするかどうかは検事が決めることですから」

兵頭が憮然《ぶぜん》とした表情で自分を見ている。これから麻美に提案することは、たった今思いついたことなので、当然兵頭はその内容を知らない。

「もしも我々に協力していただけるのならば、その取った調書は検察に送らないかもしれません。今回の奥さんの場合、誰か明確な被害者がいるわけではありませんから、事件性は高くないと私は考えます。もしもそうだとしたらその段階で捜査は終了します。もちろんそうなれば、我々警察からこの情報が外に出ることはありませんし、麻美さんも晴れて無実の身となります」

言っていることは兵頭と同じなのだが、言い方の問題だった。これならば麻美も首を縦に振りやすいだろう。

「麻美さん。浦井は韓国から日本に向けてサイバー攻撃を仕掛けるつもりです。しかもその最大の標的は東京オリンピックだと思われます。日本国民の安全のために、そして五六年ぶりに東京で開かれる平和とスポーツの祭典のために、何とか力を貸していただけませんか」

浦井の目的を聞いて、頑なだった麻美の表情が変わる。

「それに奥さん、相手はあの天才ハッカーです。もはや逃げてばかりいても、必ずしも安全とは言えませんよ」

「それはどういう意味ですか」

「先日ご主人とお会いした時に、ご主人のスマホを調べさせていただきました。その結果、ご主人のスマホが遠隔操作されていることがわかりました」

麻美は富田と目を見合わせて、声にならない悲鳴を上げる。

「スマホを遠隔操作されてしまうと、旦那さんのＬＩＮＥや電話での会話は全部筒抜けです。さらにマイクやカメラの機能を使って、ご自宅の様子やご夫婦の会話も盗撮盗聴されていたかもしれません」

「浦井の事件があったから、怪しいメールは開かないように気を付けていたんだけどな」

富田は頭を掻きながら弁明するようにそう呟く。

「これはご主人の責任ではありません。何しろご主人の会社のスマホの管理システムそのものが乗っ取られていたのですから」

桐野は富田の会社の情報システム部と連携し、その事実を突き止めた。

「そんな攻撃をご主人のスマホに仕掛けた人物は、どう考えてもあの連続殺人鬼しかいないでしょう」

麻美は桐野の顔を真っすぐに見る。

「私は一体何に協力すればいいんですか」

「まずは我々が、麻美さんの名義でＳＮＳをはじめる許可をください」

B

「今回もよくやってくれた」

この女にパピオンで充電器を仕掛けさせたのは、これで三回目だった。

男はチノパンにデニムのYシャツというラフな姿で、しかも長髪のウィッグを着けているので、見た目はかなり若く見えるはずだった。

「どうも、ありがとうございます」

女の方も、今日は紺のGパンに白いTシャツというかなりラフな格好だった。いつものようなヘアメイクもせず、しかも地味な眼鏡を掛けていたので、その辺にいるOLと変わらない。今、二人の座るベンチの前を横切った中年男も、彼女が銀座で夜の蝶に変身するとは夢にも思わないだろう。

「報酬はいつものようにその中に入っている」

持参したコーヒーチェーン店の紙袋を彼女の横にそっと置いた。そして先にそこに置かれていた同じ紙袋を、そっと自分の脇に引き寄せる。

今回のターゲットは某携帯電話会社の副社長だった。そして前回は、大手電力会社の技術部長のスマホに充電器を仕掛けた。

「今回は怪しまれたかもしれません。スマホのバッテリーが減っていないのに、強引にやってしまったので」

　ＬＩＮＥや連絡先の交換のために、クラブで客にスマホを取り出させるのは簡単だった。しかし必ずしも、そのスマホの電源が切れかかっているとは限らない。

「私はいつまでこんなことを、続けなければならないのですか」

　藤原をホテルに誘わせた夜以降、この女のモチベーションが落ちているのは明らかだった。しかしその女の質問に答える必要はない。

「その後、藤原の様子はどうだ」

「ＬＩＮＥはよく来ます。最近は店で会わないで、直接デートをしようと誘ってきます。ただあの夜以来一度も会ってはいません」

「返事ぐらいはしているんだろうな」

　女は何も言わずに顔を伏せる。

「藤原の気分を害させる行為は慎んでくれ。今は大事な時だ。変にあいつが騒ぎ出すと、お互いに困ったことになるだろう」

　女は俯いたまま何も言わない。

　二人が座るベンチの前を、ベビーカーを押す若い夫婦が通り過ぎる。お腹《なか》が大きくなった妻が楽しそうな笑顔を見せる。

「何も未来永劫《みらいえいごう》、私に協力しろとは言わない」

そろそろこの女も潮時だろうか。だとすれば口を封じた後に、また新しい協力者を育てないといけない。

「わかりました。適当に返事をしておきます」

そして女は深い溜息を吐いた。

「また用事ができたら連絡する。近いうちに藤原を連れて店に行くかもしれないが、その時も変わらぬ対応を頼む」

D

『大韓航空、KE七〇八便、ソウル金浦《キムポ》空港行きのお客様へ。搭乗の準備が整いました。一八番ゲートより……』

羽田空港の搭乗ゲートにアナウンスが響き渡る。

長い茶色のウィッグを被《かぶ》りラフなデニムのジャケットを着た桐野は、エコノミークラスの搭乗を待つ長い列の最後尾に並んだ。その一〇人ほど前に、兵頭がサングラスを掛け青いニット帽を被って雑誌を読んでいる。

捜査チームは麻美のSNSを再開させた。

麻美と連絡を取り合いながら日々の行動をSNSに反映させ、それを覗きに来る人物のアクセスログをチェックした。それと同時に富田のスマホが乗っ取られている前提で、麻美がSNSを再開したという話題を、LINEや日々の会話の中でさりげなくしてもらった。

美人とはいえ一般人の麻美のSNSを見に来る人間は、知り合い以外にそうはいない。

しかしある日、ソウルからのアクセスログが見つかった。浦井の指紋がついた手紙にSEOULの消印が捺されていたので、このアクセスに浦井が関係している可能性は高い。

さらにTor経由で覗きにきた人物を一人発見した。Torは匿名通信なので、それがどの国から閲覧されたかはわからない。しかしそんなことをしてまで、麻美のSNSを見に来るのは浦井以外に考えられない。

『今日、新しいスーツケースを買いました。韓国旅行まであと三日。楽しみ楽しみ』

スマホを見ると、捜査チームが書き込んだ新しい投稿が、麻美のSNSに載っていた。

「浦井は姿を現すだろうか」

飛行機に乗り込み隣に座った兵頭が、ニット帽を脱ぎながらそう囁いた。

「浦井のことですから、これが罠であることも想定はしているはずです。しかしあいつは、きっと何かを仕掛けてきます」

既に一〇名の捜査員が韓国に入国していた。二人が宿泊するはずのホテルの一週間前から捜査官が張り込んでいる。もちろん、麻美と富田が泊まるホテルの宿泊者リストも入手していた。地元の警察にも協力を仰ぎ、怪しい人物がいればホテルの監視カメラを解析することもできた。

「ホテルに事前に宿泊して、Ｗｉ－Ｆｉに仕掛けをしている可能性もありますね」

ホテルの無料Ｗｉ－Ｆｉに細工して、宿泊客のスマホやパソコンをハッキングするのはクラッカーの常套手段だった。

「しかし私も桐野君も、浦井に顔を知られている。残念だが今回は、お互いに前線には出ない方がいいだろう」

「我々が韓国にいることがわかれば、これが罠だとばれてしまいますからね」

「まさかこの飛行機の中を、浦井が監視していることはないだろうな」

兵頭は後方に視線を向け、再びニット帽を被りなおす。

「そればかりはわかりません。しかし我々の名前は、この飛行機の乗客名簿に載せていませんし、そのためにこんな変装をしているわけですから」

桐野は長い茶色の髪の毛を引っ張った。

『当機はまもなく離陸いたします。これより携帯電話、ＣＤプレイヤー、パソコン等電波を発するものすべての電源をお切りください』

やがて二人を乗せた大韓航空機は、徐々に滑走路上を加速する。

「後は運を天に任せよう」

重い機体がふわりと浮いた。座席に押し付けられ背中に加速度を感じると、機体は斜めになって急上昇をしはじめる。

Ｃ

浦井は旅行代理店のネットワークに侵入し、富田誠と麻美が乗る飛行機の便名を突き止めた。旅行代理店のネットワークは外部の端末と繋がっているので、そこに侵入することは簡単なことだった。

「なぜ、そんなリスクを冒すのですか」

淑姫には、浦井のそんな行動が理解できない。

「浦井さんはその日本人女性と接触して、一体何をするつもりですか」

「金副部長の許可も取った。淑姫も協力して欲しい」

「協力？　だから浦井さんは何をしようとしているのですか」

「俺の数少ない趣味に協力して欲しいんだよ」

淑姫はかつて、浦井がハンティングという意外な趣味の話をしたことを思い出した。

「これが俺のハンティングなんだよ。俺が狩るのは鹿やキツネなんかじゃない、生きた人間の女だよ」

浦井の冷たい目を見た瞬間、淑姫の背筋が凍《こお》りついた。

「女たちの周辺情報を調べ、弱点を見つけ、そして狡猾《こうかつ》に罠を張る。その結果、獲物を手にすることは、まさに狩りと呼ぶにふさわしい楽しい遊びだ」

「遊びですか」

「そう。女を狩ることは、ネットワークに侵入したり、パスワードを盗み出すのと同じような僕の最高の遊びなんだよ」

「浦井さんはあの女を誘拐して、殺すつもりですか」

「確かに今までは、好きな女ができると誘拐し凌辱《りょうじょく》した。そして最後には殺して山に捨てた」

淑姫は唾を飲み込んだ。

「しかしいつも最後には空《むな》しくなった。それがなぜだか淑姫にはわかる?」

わかるはずがない。淑姫は黙って首を左右に振る。

「だって狩るまではあんなにきれいで活《い》きが良かったのに、獲物はどんどん劣化してしまうからね。そして最後は自分には何も残らない。だから空しくなってしまうんだ」

「どういう意味ですか」

淑姫には浦井の言うことが理解できない。

「せっかく苦労して手に入れた獲物でも、最後は捨てなければならない。長く監禁するということも考えたが、それは野生動物を動物園で飼うようなものだった。そんな環境で女を監禁しても本来の美しさは保てない」

「じゃあ浦井さんは、一体何をしたいのですか」

浦井がニヤリと笑い大きな目が怪しく光る。

「僕はこの一年ちょっとの間、ずっと一人で海外を逃亡していた。こんな性格だから、恋人や友人ができるはずもない。日本人の知り合いもいないので、さすがに僕も寂しくなった。だから何かが欲しかった。それは人でなくて物でもよかった。女性が宝石を眺めるように、守銭奴《しゅせんど》が貯金通帳の残高を見るように、とにかく自分の心を満たす何かが欲しかった」

こんな男でもそんな感情はあるのかと淑姫は思った。

「そんな時、君の国からオファーを受けた。最初は断ろうかと思っていたが、君の国のことを調べていたら、そこにとてもユニークな技術があることに気が付いた」

淑姫は嬉しそうに話す浦井をじっと見つめる。

目の前の男は、一体何を言いたいのだろうか。

「二人の建国の父をそうしたように、君の国には人間を剝製のように保存する技術がある。だから淑姫にも、麻美の剝製を作ることに協力して欲しいんだよ」

D

「昨夜、ホテルで浦井らしき人物を見つけましたが、追尾に失敗してしまいました」

短髪でぎょろりとした目付きの男が、兵頭にそう報告する。

金浦空港に着いた二人は、すぐにタクシーでソウル市内のマンションの一室に移動した。そこは浦井を逮捕するための特別捜査チームの拠点で、宮口《みやぐち》と名乗ったその男がこのチームのリーダーだった。

「宮口、そんなにがっかりするな。人員が少なかったのだからしょうがない。浦井がホテル周辺に現れたのならば、確実に我々の餌に食いついたということだ。まだチャンスはあるはずだ。その時は万全の態勢で追尾し逮捕しよう」

尾行は素人が思っているよりも実はかなり難しい。まったく気付いていない人物を尾行するなら簡単だが、警戒している人物を尾行するためには一〇人以上の大掛かりな追尾体制が必要だった。

「三嶋。明日のスタッフの配置はどうなっている」

富田誠と麻美の二人は、明日の午後に仁川《インチョン》空港に到着する予定になっていた。

「到着の時間に、空港に八人張り付いています」

銀縁のメタルフレームを掛けた若い生真面目そうな捜査官がそう言った。セキュリティセンターのスタッフでもあるこの男も、この捜査チームに加わっていた。

「これが空港の見取り図です」

黒いショートカットの若い女性捜査官が、デスクの上に空港の図面を広げた。兵頭と桐野は立ち上がり、宮口とともにそれを覗き込む。

「二人を乗せた飛行機がタラップを使うのならば、降りるところを空港の各所から見ることはできます。しかしボーディングブリッジを使用することが決まっていますので、二人の顔をどこかから視認することはできません」

女性捜査官は鋭い目をしてそう説明する。

公安警察という人々は、老若男女を問わず誰もが同じような目をしている。その表情からは絶対に本音は読み取れない。訓練の結果そうなるのだろうが、まるで誰も信じていないようなぞっとするような目の持ち主ばかりだと桐野は思った。

幼いころに見た自分の父親の目は、果たしてどうだっただろうか。

「入国してきた人物の顔を視認するならば、入国ゲートで待つのが一番です。ここでプラカードを持っている人々に混じれば、必ず顔は確認できます」

「でもそれじゃあ、浦井といえどもすぐに見つかってしまうだろう」

「その通りです。どこの空港もそうですが、入国ゲートからいつ人が出てくるかはわからないので、かなり長い時間ここで待っていなければなりません」

ショートカットの捜査官は淡々とそう説明をする。

「変装していればどうですかね」

腕を組んでいた宮口が兵頭にそう訊ねる。

「そうだな。一応、浦井が変装していることも想定しておいた方がいいだろう」

「浦井は身長が一八〇センチ近くもある大柄な男です。変装はできても身長はごまかせませんから、それも頭の中に入れておいてください」

桐野は思わずそう言った。ここにいる捜査官は浦井の写真は見ているが、実際に会ったことはない。

「そうだったな。たとえ変装をしていても、そんな背格好の男がいればある程度目立つはずだ。しかし人目の多い空港では特別な行動は起こさないだろう。やはりホテルの周辺を徹底的に監視した方がいいだろうな」

兵頭のその言葉を聞いた女性捜査官が、すぐにホテルの周辺地図を広げる。

「一二階の一二〇六号室に、富田誠と麻美名義で部屋を予約しました」

「このホテルの一二〇六号室を、外から視認できる建造物はどれだ」

「この向かいのホテル、この商業施設、そしてちょっと遠いですがこの高層マンションからならば視認できます。しかしその場合は、かなり性能のいい望遠鏡のようなものが必要ですが」

ショートカットの女性捜査官は、地図上のいくつかのポイントを指さした。

「それに対する我々の対策は」

「二人が宿泊する部屋の一階下と同じ階、そして最上階に部屋を三つ押さえてあります。特に最上階からは、カーテンに隠れれば階下の構造物を一望できます」

兵頭は地図を覗き込み、親指と人差し指で自分の顎《あご》を摑んで考える。

「宮口。もしも超法規的な命令が下されたとすれば、そこから浦井を射殺することは可能か」

C

『淑姫、そっちの様子はどうだ』

淑姫のスマホに浦井から連絡が入る。昨日から麻美と富田誠が泊まっているホテルのロビーで、淑姫はコーヒーを飲んでいた。

「特に動きはありません」

『麻美も富田誠も姿を現さないか』

「一時間前からここにいますが、まだ見てはいません」

腕の時計は午前一一時を指していた。麻美のＳＮＳや盗聴している富田のスマホから推測するに、そろそろ二人はこのホテルを出て、市内観光に向かうはずだった。

『淑姫、やっぱりどうも様子がおかしい』

不安そうな声が聞こえた。滅多に感情を表に出さない浦井にしては、珍しいなと淑姫は思った。

「どうかしたんですか」

三日前に富田誠と麻美が宿泊するホテルを下見した時、浦井は日本人の捜査官らしき存在に気が付いた。その場は慌てて逃げ去ったが、それ以来浦井はホテルなどに直接姿を現すことを避けていた。

『ホテルの監視カメラに、麻美も富田も一切映っていないんだ』

浦井はホテルの監視カメラのネットワークに侵入していた。

「しかし昨日の夜に麻美がアップしたＳＮＳには、確かにこのホテルからの夜景が写っていましたよ」

　淑姫も時々麻美のSNSをチェックしていた。そこには『ホテルからの夜景に感動』という感想も添えられている。

『旅行客や従業員たちの中で、やたら周囲を気にしている何人かの男女が監視カメラに映っている。しかも彼らは外出をしないで、ホテルのあちらこちらに出没している』

　そんなことがあるだろうか。淑姫が周囲を見渡すと、壁際に立つスーツ姿の男と目が合ったような気がした。

『淑姫、僕たちはすっかり騙されていたのかもしれない』

　隠しカメラを持たされた淑姫は、昨日も空港の入国ゲートでさりげなく監視していたが、淑姫がいた時間内には麻美と富田の姿を確認することはできなかった。

　しかし麻美は韓国に入国してから、いつも以上に頻繁にSNSを更新していた。空港やホテル、そして今日からはエステや焼き肉店など、富田と二人で活発に行動する予定だった。

『淑姫、ロビーに日本人の捜査員らしき人物はいないか』

　チェックインを待つ観光客、スマホを片手に電話をしているビジネスマン、ロビーを見渡しながらコーヒーを飲んでいるショートカットの若い女、国籍こそわからないがそこにいる全員が捜査官だとしても不思議はない。

壁際に立つスーツ姿の中年男が新聞で顔を隠しながら、ぎょろりとした目で自分のことを一瞬見た。しかもその男が持っているのは日本語の新聞だった。

「確かにそれらしい人物はいます」

『淑姫、計画を中止する』

今夜二人が宿泊する部屋に忍び込み、睡眠薬で眠らせた麻美を誘拐する計画だった。

『麻美も富田も韓国には来ていない。淑姫、これ以上そこにいるのは危険だ。すぐにホテルから出て、尾行をまいて帰ってこい』

D

「エステ、焼き肉店、そしてチマチョゴリのレンタル店。結局、どこにも浦井は現れずか」

ホテルの最上階の部屋に陣取った捜査チームで兵頭は天井を仰いだ。

「今日の午前中に、富田誠と麻美はこのホテルをチェックアウトする予定になっています。その後仁川空港から羽田に向かう予定なので、そうなると今回の作戦は空振りってことになりますね」

　宮口が腕を組んで顔を顰める。

　麻美に扮した女性捜査官が、空港から市内の観光スポット、そしてこのホテルの内部も含めて様々な写真を撮ってＳＮＳにアップしてきたが、結局、浦井は自分たちの罠には引っかからなかった。

　本当は麻美本人に韓国を旅行して欲しかったが、さすがにそれには同意してもらえなかった。それでも盗聴されているであろう富田のスマホで、ずっとそれらしき演技を続けてもらったので、一度は浦井もこのホテルに姿を現した。

「結局、最初に浦井がこのホテルを訪れた時が、唯一無二のチャンスだったわけか」

　兵頭は独り言のようにそう呟く。

　桐野は腕の時計をちらりと見る。午前一〇時にここをチェックアウトするとして、このホテルに滞在できる時間はあと一時間もない。

　締め切ったカーテンの隙間からは、今でもショートカットの女性捜査官が双眼鏡を構えている。交代制で二四時間ずっと監視を続けてきた。浦井の狙撃まで検討したが、ここに本人が姿を現さなければ何もできない。

「向かいのマンションから、双眼鏡でこちらを見ている女がいます」

　双眼鏡を離さずに女性捜査官が声を上げた。

「なんだと」

兵頭、宮口そして桐野も、いっせいに双眼鏡を構えて窓際に寄る。

向かいのマンションの通路に、黒髪の女が双眼鏡を手にしてこちらを見ていた。

「浦井の仲間でしょうか」

宮口が思わずそう口にする。

「その可能性は高い。あのマンションに大至急捜査官を向かわせろ。そして力ずくでも女を確保し尋問しろ。急げ」

宮口が無線機に飛びついた。

「女が立ち去ろうとしています」

女性捜査官がそう叫ぶ。再び桐野が双眼鏡を覗くと、さっきの女がマンションのエレベーターに向かって走っている。

「何かの陽動作戦かもしれません。ホテルの部屋を監視しているスタッフに、警戒を怠らないように連絡してください」

桐野が宮口に向かってそう叫ぶ。自分たちの注意を向かいのマンションに引き付けて、実はこのホテルに何かしらの攻撃を仕掛けてくるのではないか。

桐野が再び双眼鏡を構えると、女は既にエレベーターに乗ってしまった。ならばどこかに浦井がいないものだろうか。向かいの商業施設や、ビルの屋上などあちらこちらを探してみる。

『女を取り逃がしてしまいました』

無線から現場の捜査官の声が聞こえた。

桐野は双眼鏡から目を離した。

「兵頭さん。一体、あの女は何だったんでしょうか」

「わからん」

兵頭は外国人のように両掌を上に持ち上げる。

「何かがこちらに飛んできます」

さっきから決して双眼鏡を手放さないショートカットの捜査員がそう叫ぶ。

何かの攻撃かと思い桐野がカーテンを大きく引くと、こちらに向かって何かが飛んできた。部屋にいた捜査官たちは、反射的にベッドや机の物陰に身を隠す。

そしてその飛行体が、窓のすぐ近くでピタリと静止する。

それは四つのプロペラを高速で回転させた小型のドローンだった。

そしてその時、桐野の内ポケットのスマホが鳴った。素早くディスプレイを見ると、見たことのない番号が表示されている。

『もしもし』

桐野が電話に出ると、どこかで聞いたことのあるハスキーな声が聞こえてきた。

「浦井か？」

『桐野さん酷いじゃないですか。騙し打ちなんて』

窓の外のドローンは、なおも同じ場所で飛び続けている。

よく見るとそのドローンには小型カメラが搭載されていて、そのレンズが桐野、兵頭、宮口、そしてショートカットの女性捜査官のことをじっと見つめている。

「俺は警察だ。おまえを捕まえることを諦めたわけではない」

『急に麻美がSNSを再開したのでおかしいとは思っていたんです。でも途中までは完全に騙されました。スマホで盗聴した富田と麻美の会話も、すべてお芝居だったとは思いませんでした』

「おまえ、この国で何をやっている。おまえの本当の狙いは何だ」

『罠じゃないかとは思ったけれど、せめて麻美を韓国まで連れてきて欲しかった。せめて彼女の顔を一目見ようとこのドローンも用意したのに、部屋に麻美がいないことを知った時には、本当にがっかりしましたよ』

「おまえ、北朝鮮のサイバー部隊と連携しているのか」

『まったく人をおちょくるのもいい加減にしてください。桐野さん、僕はてっきりあなたは親友だと思っていたのに』

かつて浦井とそんな会話をしたことを思い出す。

「おまえの目的は、東京オリンピックなのか」

『桐野さん、僕が何をやりたいかは、その時が来たらお答えします』

「そうなんだな。おまえの狙いはオリンピックへのサイバー攻撃なんだな」

電話口から微かに笑い声が聞こえてきた。

『前回は味方同士でしたけど、今回は敵になってしまいましたね。しかし桐野さんが相手ならば、僕も楽しくやれそうです』

第五章

D

「美乃里、その後お父さんの会社はどうなの？」

「川崎の実家を売ることが正式に決まったの。それで当面の資金繰りは何とかなりそうなんだけど、急にお父さんの会社の業績が良くなるわけじゃないからね」

急きょ二人の時間が空いたので、美乃里のマンションで会うことになったが、美乃里の表情は冴《さ》えなかった。

いよいよ美乃里と結婚した方がいいのではないか。その後も何度かそんな話をしたが、美乃里は賛成も反対もしなかった。

「来月にはあの家を出なくちゃいけなくて、売買契約とか引っ越しの準備とかしていたら、今度はお母さんが過労で寝込んじゃったの」

美乃里の母親は、今まで苦労らしい苦労をせずに生きてきたので、父親の会社の惨状がかなりのショックだったようだ。

食事を作っている暇がなかったので、ピザをデリバリーしてもらった。マルゲリータのピザを齧《かじ》りながらも、美乃里の口から出てくるのは溜息ばかりだった。

「ねえ。ある人から美乃里が夜のアルバイトをやっているって聞いたんだけど、それって本当なの？」

桐野は思い切ってそう訊ねると、美乃里が大きな目を丸くする。

「黙っていてごめんなさい。いや、良ちゃんの彼女として謝ります。そんな仕事しちゃいけなかったよね。それに警察官の彼女としては、絶対にしちゃいけないアルバイトだったよね」

「俺もいつまでも警察官やっているわけではないからそれは問題ないけど、彼氏としてはそんな仕事をしているのはかなり心配だな」

「お金がなくてちょっとだけのつもりだったんだけど、でももう辞めるから」

「そうなの？」

「昼も夜もじゃ体がもたないし、けっこうああいうところって嫌な目に遭うことも多いから」

美乃里は眉間に皺を寄せてまた溜息を吐いた。

「もう辞めるならいいけど、本当に大丈夫？」

夜のアルバイトを辞めたところで、美乃里の父親の会社が厳しいことは変わらない。何か自分にできることはないだろうか。

「ところで良ちゃん、韓国には何をしに行ってたの？」

ソウルで浦井を取り逃がしてから、ちょうど一週間が経っていた。

「ある事件の犯人を追ってたんだ」

「それって、浦井のこと」

そのことを美乃里に話すべきか躊躇《ちゅうちょ》する。しかし浦井が自分と敵対してしまった以上、美乃里を狙ってくる可能性もある。

「美乃里、実は浦井が動き出したんだ。あいつは今、ソウルにいるはずだ。そして、日本に何かしらのサイバー攻撃をしてくる。美乃里にも接触してくるかもしれないから、スマホの遠隔操作やSNSの乗っ取りにはこれまで以上に気を付けて」

美乃里のスマホには、桐野が作ったオリジナルのセキュリティソフトが入っていた。しかしSNSのなりすましなどは、本人が気を付けなければ防げない。

「気は付けるけど、あの浦井が本気になったら私なんかどうしようもないよ」

「でも浦井は海外にいるはずだから、そこまでの心配はいらないよ。直接美乃里の前に現れて、何か危害を与えることはないと思う」

桐野は笑顔を見せながら、マルゲリータのピザを齧る。少しは安心したかと思ったが、美乃里は相変わらず浮かない顔をしている。

「ねえ、良ちゃん。浦井は今も韓国にいるってこと？」

美乃里は不安げにそう訊ねる。

「もうどこか他の国に行ったかもしれないけど、俺は未だにソウルにいる可能性が高いと思う」

「そっかー。いや、それは困ったな」

美乃里は左右に首を振ると、黒い髪が大きく揺れる。

「どうしたの」

「いや、実は来週、優香《ゆうか》と一緒にソウルに行く予定があるから」

美乃里には韓流アイドル好きという共通の趣味を持つ優香という親友がいた。しかし一緒に来週ソウルに行くという話は初耳だった。

「それって韓流アイドルのコンサートかなんか」

「まあ、それもあるんだけど」

「美乃里。どうしても、ソウルに行かなくちゃいけないの」

そんなことを浦井が知ったら、何か危害が加えられるかもしれない。しかも自分を含めて、日本の警察の警備もない。

「どうしてもってことはないんだけど、コンサート以外にもけっこう大事な用事があるの。できれば行きたいんだけどやっぱり危険すぎるかな」

A

有紀が瀧嶋を問《と》い質《ただ》した後、瀧嶋は何の釈明もせずに部屋を出て行った。

翌日、有希が出勤している間に瀧嶋は私物を運び去ったようで、今では彼に関するものは有希の部屋からきれいさっぱりなくなっていた。同時に合鍵が机の上に置かれていて、その後はLINEも電話も一切なかった。

LINEに関しては瀧嶋のアカウント自体が消滅していた。試しに瀧嶋の携帯番号に電話をしてみると、『この電話はただいま使われておりません』というアナウンスが流れるだけだった。

一体、瀧嶋慎一という人物は何者だったのだろうか。

瀧嶋はあの公園にわざとスマホを落とし、偶然を装い渋谷のTSUTAYAで自分に接近したのか。考えれば考えるほど、有希にはそう思えてくる。でもならば一体何のために、あの男はそんなことをしたのだろうか。

いつものように出社してデスクに座ると、朝一番で出社をしているはずの芦沢部長がいないことに気が付いた。行動予定表の黒板を見ると、名札がひっくり返されて黒字になっているので、出社していることは間違いない。

有希は再び瀧嶋のことを考える。

その後自分の部屋を調べたが、何も盗まれたものはない。貯金通帳の残高もそのままだった。もっとも実家への仕送りで精一杯の自分に、金銭目的で接近したとは考えられない。

瀧嶋の目的は自分の体だったのだろうか。

勤務先を詐称して自分に近づきまんまと同棲までしたのだから、それが目的ならば見事にしてやられたということになる。しかしあんなに爽やかな好青年で人の気持ちも思いやれる人物が、そこまでして地味なＯＬの自分と付き合いたかったとは思えない。瀧嶋ならば自分よりもっと美人の恋人が、簡単にできるはずだ。

「おはよう」

隣の席に佐藤が座った。その顔を見て、あのＵＳＢメモリーのことを思い出した。

「ねえ、佐藤君。この会社で何か盗まれて困るような企業秘密なんかある」

「どうしたの？　出社早々そんなことを訊いたりして。こんなごく一般的な清掃の派遣会社に、企業秘密なんかあるわけないじゃん」

「そうだよねー」

有希も確かにそう思う。これが自衛隊に部品を納入しているとか、世界的な半導体メーカーの子会社だったらわからなくもないが、この会社には秘密らしい秘密はないだろう。

「まあでも我が社の派遣社員さんがいろいろな施設に清掃をしに行くわけだから、そこに重要な秘密がないとは限らないけどね」

「重要な施設ってどんなところ？」

「さあ、俺にはわからないよ。芦沢部長とかだったらわかるかもしれないけど」

その一言に釣られるように、二人は芦沢のデスクを見る。相変わらずデスクに芦沢は戻っていない。

「珍しいね。芦沢さんがこの時間にデスクに座っていないなんて」

その時、有希の目の前の内線が鳴った。

『四階の男子トイレの個室が、ずっと使用中なんだけど』

営業の男子社員からだった。

朝からお腹を壊した社員でもいるのだろうか。

『それにちょっと様子が変なんで、総務さん見てくれませんかね』

総務は社内のよろず相談役だった。佐藤にも付き添ってもらい、有希は四階の男子トイレに入ろうとする。しかし脇で男子社員が小用を足していたので、有希は慌てて外に出て、彼が終わるまで外で待つ。

その男子社員と入れ替わりにトイレに入ると、確かに個室の様子が変だった。

ドアノブに紐《ひも》のようなものが掛けられていて、個室の扉の上からピンと伸びている。どうやら中に繋がっているようで、試しに紐を引っ張ってもビクともしない。

「赤い印のままだから、中に誰か入っているのかな」

佐藤の言う通り、鍵の部分には使用中を示す赤いマークがあった。

「すいません。誰かいますか」

有希がノックをしながらそう呼びかける。しかし中からの応答はない。

「誰か入ってますか」

佐藤も勢いよくドアを叩いたが、何の反応もない。

「椅子かなんか持ってくるよ」

上から覗いてみようということになり、佐藤がトイレを出て行った。

その時、隣の個室のドアが開き、顔見知りの営業部員が出てきたので驚いた。

「ああ、おはようございます。この隣の個室がずっと使用中なんで」

有希は慌てて言い訳のような説明をする。

「まだ使用中なんだ。この個室の便器の上から覗いてみたら」

そう言うとその営業部員は手を洗って出て行った。

その手があったかと、有希は早速白い便器に足を掛ける。パンプスを履いていたが滑りそうで怖かったので、それを脱いで便器の上に乗ってみる。そして壁に掴まって何とか便器の上に立ち、隣の個室を覗いた。

中にいたのは芦沢部長だった。

一瞬、芦沢部長がトイレの扉を背に立っているのかと有希は思った。

「芦沢さ……」

しかし芦沢は微妙な高さで浮いていた。

よくよく見ると、トイレの扉の上から伸びている紐が芦沢部長の首に絡まっている。その意味を理解した瞬間、有希は足を滑らして便器の上から落下して、大きな音を立てて尻餅《しりもち》をついた。

「有希ちゃん、大丈夫」

いつの間にか戻ってきた佐藤が、心配そうに自分を見ている。有希は尻の激痛を堪えながら隣の個室を指さした。

「あ、芦沢部長が、首を吊って死んでいます」

C

浦井と淑姫、そしてサイバー部隊の精鋭たちを乗せた船は、日本海を渡り切り、今は夜陰にまみれて新潟《にいがた》沖に停泊していた。

「日本への潜入はたとえ見つかったとしても、いきなり沈められたりはしないから安心ですよ。自衛隊も海上保安庁も、こちらから撃たなければ発砲はしないですから」

　そんな工作船の船長の言葉を、淑姫は浦井に通訳する。

日本側が不審な工作船を見つけても、専守防衛の原則で、その船から攻撃されない限り武器を使用できない。仮に撃ってきた時でも、総理大臣の承認を得た上で警察官職務執行法に準ずる範囲内で、やっと武器の使用が認められる。

　この場合の武器の使用はあくまで正当防衛のためである。

　浦井は煙草を取り出し口に咥え、さらにもう一本を船長に勧める。煙草は北では貴重品で、特に浦井が持っている日本製の煙草は一般の国民はまず吸うことはできない。

「それに日本に行けばいい商売になるからね。日本行きの船に乗りたがる奴はいっぱいいるよ」

　淑姫は奥の積み荷をちらりと見る。

　かつて北から日本への最大の密輸商品は麻薬や覚醒剤だった。これを洋上で日本のヤクザなどに売りさばいた。それで儲けた金で日本の煙草や酒などの貴重品を買いあさり、母国に持ち帰ればさらにいい商売になったと船長は自慢げに話す。

その時、日本側の海岸で光が灯《とも》った。

「潜入中の工作員からの合図です。こっちの船に乗り移ってください」

日本に漂着する北朝鮮からの木造船が多発し、問題視されたことがあった。しかしそれらは船底が平たい川用の船で、日本海の荒波を渡ってくるのは難しい。北朝鮮軍偵察総局清津連絡所のこの船は、そんな木造船の約四倍の四〇メートルの大きさで、正式には工作母船と呼ばれている。

その船の後部に、全長一〇メートルほどの小舟が格納されていた。

「気を付けて」

浦井と淑姫、そしてサイバー攻撃隊の精鋭たちが、船長の手を借りてその小船に乗り移る。さらにもう一人、鋭い目つきの筋肉質の男が続いた。

この男の名前は黄在明《ファンジェミョン》。

金副部長からはボディガードだと紹介されたが、事実上は浦井のお目付け役だと淑姫は思っている。浦井が日本できちんと任務を果たすか、そしてさらには自分の監視も兼ねているに違いない。そして恐らくこの目つきの鋭い男はスパイの中のスパイで、平気で人を殺すことができるはずだ。

やがて船尾の扉が開いて、後部格納庫に海水が流入してきた。格納庫内が海水で満たされ、浦井と自分たちが乗り込んだ小舟がぷかりと浮くと後部の扉が開かれた。

そしてゆっくり工作母船から押し出される。

船員がマストや集魚灯などを組み立てはじめる。集魚灯とは、夜中に魚を集める明かりのことで、この船は日本の漁船に偽装される。しかし船底は平らではなくV字型で、三〇〇馬力エンジンを三基も搭載している。だから日本の巡視船の追跡も振り切ることができるらしい。

やがてエンジン音を響かせて、漁船に偽装したこの船が進みはじめる。ふと浦井を見ると、対岸の日本をじっと見つめていた。

「日本が恋しいですか」

淑姫はそう訊いてみる。

「別に恋しくはないな」

「じゃあどうして、日本に潜入しようなんて思ったのですか」

日本に行くと聞いたときは、淑姫は心底驚いた。

「もちろん東京オリンピックのサイバー攻撃の仕上げのためさ。最後はどうしてもネット上ではなく、リアルに日本で工作しないといけないことがあるから」

いくらネットワークに侵入しパソコンやスマホを遠隔操作しても、それだけでは限界があるらしい。どうしても物理的にやらなければならないことがあり、そのために現地工作員の協力も取り付けてあると浦井は言った。

「それに、日本でやりたいこともあるし」

浦井は暗闇でそう呟いた。

「あの女のことですか」

その時突風が吹いて淑姫の長い黒髪が風に舞う。

「浦井さんは、どうしてあの女にそこまで拘《こだわ》るのですか」

暗闇の中で淑姫がそう言った瞬間に船が大きく揺れた。倒れそうになった淑姫は浦井に抱きしめられた。抱きしめられたまま淑姫は浦井の瞳をじっと見る。しかし浦井は何事もなかったかのように、淑姫を抱きしめた手を放した。

偽造漁船は闇の海を静かに進んだ。曇天のため月の明かりも見えないが、船乗りたちの周囲を警戒する目は爛々《らんらん》と光っている。船は灯台の明かりを頼りに進み、やがてゆっくりと停船する。船員は大きなトランシーバーを耳に当て、潜入地点で待つ工作員と連絡を取り合う。その船員が大きく頷くと船の後部にいた別の船員が、積んでいたゴムボートを海面に浮かべた。

「このゴムボートに乗り移って。我々が手配するのはここまでです。万が一の時は、独自の判断でお願いします」

黄が小声で何かを囁くと船員たちが頷いた。それと同時に、浦井がポケットから拳銃を取り出したので淑姫は本当に驚いた。

「いつの間にそんなものを手に入れたんですか」

「金副部長からのプレゼントだ。前回の作戦でけっこうな分け前を上げたそのお礼だそうだ。この64式拳銃は、北朝鮮が初めて国産化に成功したんだと自慢されたよ」

「実弾も入っているんですか」

浦井は弾倉を外し、中に入っていた黄金色の実弾を見せる。

「七発ちゃんと入っている」

浦井はそう言いながら内ポケットに拳銃をしまい、ゴムボートに乗り移る。

「この国で捕まったら、僕は即死刑だからね」

D

「浦井から、また新しい郵便が届いたらしいな」

桜田門の警察庁の一室に入るなり、兵頭がいきなりそう言った。

差出人が書かれていないソウル消印の白い封筒が、神奈川県警に再び届いたのはつい一昨日《おとつい》のことだった。

『バタフライに気を付けろ』

封筒には、そうプリントされたペーパーが一枚だけ入っていた。そこからやはり浦井の指紋が発見された。もちろんその事実を、桐野は誰にも喋ってはいない。

「兵頭さんは、神奈川県警の誰からその情報を得たのですか」

「私の口からそれを言うわけにはいかないな」

警察の秘密組織「ゼロ」でも浦井の行動は最重要案件であり、そのために桐野の行動も監視されているようだった。もちろん神奈川県警にも、「ゼロ」の任務を忠実にこなす職員はいるはずだ。そしてその情報を兵頭が知っているということは、この目の前の鋭い目の持ち主が「ゼロ」に繋がっていることは間違いない。

「こうなったらギブアンドテイクです。私が知りたい情報を兵頭さんが教えてくれたら、手紙の中身をお教えします」

「ほう。富田麻美の説得の時にも思ったが、君は意外と公安や外事警察に向いているかもしれないな」

兵頭が口角を上げてニヤリと笑う。

「別に自分は公安や外事警察になりたいわけではありません。生活安全部でのんびりしている方が好きです」

「まあ、その方が恋人と会う時間もできるしな。そう言えば美乃里君は元気にやっているのか」

兵頭と美乃里は面識があった。まさか美乃里の行動も、監視されているのではないかと疑心暗鬼になる。

「まあまあです。お互いに忙しくてなかなか会う機会はありませんが」

最近は美乃里の方が忙しかった。派遣の仕事はもちろんだが、最近は父親の会社の手伝いもやっているらしい。もしもまだ夜のアルバイトを続けているのならば、体がいくつあっても足りないはずだ。

「それで、桐野君が知りたい情報っていうのは何なんだ」

兵頭は真っ直ぐに自分を見つめる。

「オヤジのことです。当時兵頭さんの上司だった私の父、桐野喜朗《よしろう》に本当は何があったのかを教えてください」

「君のオヤジさんは、マカオで交通事故に遭って亡くなった」

「それは知っています。兵頭さん、まだ何か私に隠していることがありますよね」

「どうしてそう思う」

腫れぼったいまぶたをした兵頭の目が鈍く光る。

「以前公安のネットワークに忍び込んだとき、父の死に関するデータがすべて消去されていたんです。そこに秘密がなければ、わざわざ消去などする必要はないはずです」

「参ったな」

兵頭は大きく天井を仰ぐ。

「それに外事警察でしかもゼロであるあなたが、見返りもなしにすべての情報を私に教えるはずがない。オヤジの死には、私たち家族にも言えない何か隠された秘密がある。それを教えてもらえれば、あの手紙の内容を教えます。兵頭さん、オヤジはゼロがらみの仕事をしていたんですよね」

それは桐野の直感だった。しかしその直感は当たっているはずだ。

「これからする話は、君のお母さんには内緒にしてほしい」

桐野は黙って首を縦に振る。

「当時警視庁の公安部員だった君のオヤジさんは、北朝鮮がらみの事件をマカオで捜査していた。当時北のスパイ組織はマカオを活動の拠点にしていたからな。そして事件の核心にオヤジさんが迫った時に、北の工作員に殺された」

「交通事故に遭って死亡したと聞かされていましたが」

桐野は父親の葬儀を思い出す。偉そうな警察関係者が何人も参列していたことを憶《おぼ》えている。

「物理的には交通事故だから間違いではない。君のオヤジさんは、実は北の大物スパイを日本の協力者にすることに成功していた」

「なるほど、それで北のスパイに殺されたわけですか」

　兵頭は首を左右に大きく振る。

「そんな簡単な事件ではない。君のオヤジさんが獲得した大物スパイは本当に大物過ぎたんだ」

「大物過ぎて北が本気になったってことですか」

「確かに北も必死だったが、そんな大物が寝返ったとなれば、日本の組織にも大きなインパクトを与えてしまう」

　桐野には兵頭の意味することがわからなかった。

「北の二重スパイ、つまり日本人なのに北に協力する内通者は、君が想像する以上にたくさんいる。しかも彼らは政界、財界、官僚、自衛隊、マスコミと、あらゆる組織に浸透している。彼らにとっても君のオヤジさんは非常に危険な存在となった」

「オヤジが寝返らせた大物スパイが、彼ら協力者の名前を暴露すれば一網打尽になってしまうからですね」

　兵頭は大きく頷く。

「そしてもちろん、警察の中にもスパイはいる。そのスパイがオヤジさんの口を封じるために、オヤジさんの身辺情報を北に流した」

「オヤジは身内に殺されたってことですか」

E

「いつもご苦労さんです。あれ、そちらの方は？」

火力発電所の関係者入り口で、小太りの警備員に呼び止められた。

「いつもの奴が病気で来られなくなってしまって。急きょ、代わりを手配したんですよ。ほら、ちゃんとIDをお見せして」

すべてを手引きしてくれた北の工作員は、警備員とは顔なじみのようだった。彼は長年、この火力発電所で働いていたが、ギャンブルで借金がかさみ、その弱みにつけ込まれて北に協力するようになった。

清掃員の制服を着た浦井は、首から下げたIDをその警備員に提示する。

原子力発電所は警察の原子力関連施設警戒隊が二四時間体制で警備している。短機関銃、狙撃銃、さらには生物化学兵器処理のための装備もされている。その一方で、一般の火力発電所には、そこまで厳重な警備体制は敷かれていない。この小太りの警備員が、浦井の写真入りのIDが偽造であることに気が付かなくても致し方ない。

「ご苦労様です」

今、日本では原子力発電所はほとんど稼働していない。二〇一一年の東日本大震災により、そのほとんどの稼働が停止されてしまったからだ。そしてその穴を埋めたのはＬＮＧによる火力発電だった。

清掃員に成りすました浦井は、発電所内の制御システムが置かれている部屋に向かう。何度も検討を重ねてきたので、この施設の配置図はすっかり浦井の頭の中にインプットされている。制御室の前に立ち事前に解読したアクセスコードを入力すると、すぐにその部屋の鍵が開く。

浦井が大きく頷くと、一緒に潜入した工作員も小さく首を縦に振る。この制御室には浦井が入り、一緒に潜入した工作員はいつも通り清掃をしながら周囲の様子を窺うことになっていた。

日本のインフラ施設のネットワークはスタンドアローン型、つまり外部インターネットと接続されていないものが多く、ハッキングには比較的強いと言われている。しかしスタンドアローン型のネットワークに、絶対に侵入できないかといえばそんなことはない。

イスラエルなどでは電力線を使う方法などが研究されているが、ＵＳＢｅｅというマルウェアを使えば、パソコンにＵＳＢを突っ込むだけで、中にあるデータを勝手に電磁気放射で転送することができた。後はそのデータを近くのパソコンで受信すればいいだけだ。

浦井は懐中電灯で室内を照らし、USBメモリーの挿入口がないか目を凝らす。

『警備員がそちらに向かっています』

耳に刺したイヤホンに、工作員からの連絡が入る。

すぐに懐中電灯を消して息を潜める。

耳を澄ますと靴音が聞こえた。まさか夜間に制御室に入ると、何かのアラームのようなものが鳴る設計になっているのか。浦井は姿勢を低くして、扉の陰に身を潜め息を呑《の》んだ。

靴音は確実にこちらの方角に近づいてくる。

しかもゆっくりだった靴音が、徐々に小走りになっていた。

自分は何かへまをしたのだろうか。不安に思い目をやると、きちんと閉めたはずの部屋のドアが僅かに開いていた。

内ポケットからジャックナイフを取り出して、扉のすぐ横に移動する。

いよいよその靴音が浦井のすぐ近くまでやってきた時、握っていたジャックナイフを逆手に持ち替え胸元に引きつける。

ここで殺しをしたくはなかったが、背に腹は替えられない。喉元をナイフで搔《か》っ切って相手を一瞬で絶命させる。そしてすぐに作業を終わらせて、一刻も早くここから立ち去る。

遂に靴音は浦井が背にする扉の前に迫る。

浦井はジャックナイフを振り上げる。

しかしあっけなくその靴音は通り過ぎ、近くの部屋に入っていった。

ばたんとトイレの個室の扉が閉まった音がした時に、浦井はほっと安堵《あんど》の溜息を漏《も》らした。そして懐中電灯を再びつけると、自分が立っているすぐ近くにＵＳＢの挿入口があることを発見した。

Ｄ

『毎朝新聞がスクープしたように、その大学の許認可問題では、総理の大学時代のご友人に総理の私設秘書が便宜を図った疑惑があります。その人物は総理の地元の実力者であり、しかも反社会勢力との繋がりも指摘されています。そのご友人も、この国会において説明する責任があると思いませんか』

テレビ画面には、国会で答弁する総理の顔が大きく映し出されている。

『私の友人がどう考えどう行動したかも含めて、すべて私が答えてきた通りだ。私は総理大臣の責任として、極めて重い答弁をここでさせてもらっている。これ以上この問題に関しては、この場で説明する必要はないと考えている』

総理の大学時代の友人が経営する大学の許認可問題のスキャンダルで、国会は一ヵ月以上も空転していた。

『いずれにせよこの問題で、総理である私や私の秘書、そして文部科学大臣も一切指示は出していないし、関知もしていない。これは紛れもない事実だ。それは今までこの場で、何度も繰り返し説明している通りだ』

総理は甲高い声で疑惑を否定する。

「国会はいつまでこんな議論をしているのかね」

テレビを見ていた文部科学省の官僚が独り言のようにそう呟く。

「本当に怪しいと思うのなら、野党もさっさと証拠を出せばいいのに」

そう言ったのは総務省の若手官僚だった。

「まあでも連日ワイドショーは取り上げるし、その度に内閣支持率は下がっているから、野党も止めるわけにはいかないんだよ。ここで総理を苛つかせて、失言の一つでも引き出したいところなんだろうな」

内閣調査室から派遣されている若いスタッフがそう言った時、中村センター長が会議室に入ってきて憮然とした表情で壇上に立った。

「みんな忙しいところ集まってもらい申し訳ない。実は桜庭大臣のアドレスに、ムグンファの花びらを名乗るものからメールが入った。これがその文面だ」

『親愛なる桜庭大臣殿　貴国の重要インフラを三日後に攻撃する。ムグンファの花びら』

壁のモニターにその文面が映し出されると、会議室が騒めいた。

「もちろん悪戯《いたずら》の可能性はある。しかし公表されていない桜庭大臣の個人アドレス宛に送ってきているので、我々としては看過できない」

「この重要インフラとは、まさか通信インフラを指しているんじゃないでしょうね」

総務省から派遣されている若手官僚がそう訊ねる。

「それは不明だ」

「鉄道や空港の可能性もありますね」

そう言ったのは国土交通省の官僚だった。

「原子力発電所だけは死守しないといけない。もしも本当に原子力発電所にサイバー攻撃を仕掛けられたら、自衛隊はどういうことをしてくれるんでしょうか」

黒い眼鏡を掛けた経産省の役人が、防衛省のスタッフを横目にそう訊ねる。中村が発言を促したので、防衛省のスタッフがその場で立ち上がった。

「物理的な攻撃を受けて防衛出動が発せられれば別ですが、サイバー攻撃に関して我々は何もできません。自衛隊もサイバー部隊を強化してますが、まずはそれによって我々自衛隊の戦闘能力が削がれないようにするのが第一です。従って原子力発電所がサイバー攻撃を受けたとしても、自衛隊には技術的にも法律的にもそれを守る術《すべ》がありません」

国が大規模なサイバー攻撃を受けた時は、自衛隊が何かしらの方法で守ってくれるものだと、桐野もなんとなく思っていたが、どうやらそうではないらしい。

「警察はどうしてくれるんですか」

経産省の役人がそう叫ぶ。

「警察は物理的な攻撃に対しては警備部隊を配置していますが、原子力発電所をサイバー攻撃から守る技術などありません。せいぜいできたとしても、その攻撃の起点となったサーバーを特定するぐらいのことでしょう」

「それじゃあ、誰が原子力発電所をサイバー攻撃から守るんだ」

「管轄省庁ということでいえば、それこそ君がいる経産省だろう。後は電力会社に自力で何とかしてもらうか、誰か専門家に頼むしかないだろう」

中村は経産省の役人をギロリと睨んだ。

「とにかくこれがただの悪戯メールである可能性は低い。そのため向こう三日間、重要インフラの警戒をさらに厳重にするよう関係各所に通達して欲しい」

A

芦沢の首つり死体を発見してしまった有希は、暫くは食事が喉を通らなかった。しかし総務部員として遺族と葬儀の打合せをし、様々な事務手続きに忙殺され、さらには警察の事情聴取も受けなければならなかった。

「芦沢部長の死因に、何か不審な点でもあるのですか」

所轄の警察に呼ばれた有希は、目つきの鋭い刑事にそう訊ねた。

「死因は首吊りによる縊《い》死《し》で間違いありません。芦沢さんが他殺されたとは、我々も思ってはいません。遺書もきちんとありましたから」

遺書は会社宛てと家族宛ての二通があったそうだ。ともに迷惑をかけたことを詫《わ》びる文面だったそうだ。

「会社宛ての文面には、国民の皆さんにも申し訳ないという一文が書かれていたのですよ。ちょっとその部分が気になりましてね」

確かに妙な話だった。芦沢が死んで国民に詫びなければならない理由など、有希には思いつかない。

「芦沢さんが、誰かから脅迫されていたような話を聞いたことはありませんか」

そう訊ねられて有希は少し考える。毎日顔を見ていたが、芦沢部長が何かに困っていたような様子は感じなかった。

「特にそんな様子はありませんでしたが」

「そうですか。ところで芦沢さんは、会社の誰かと不倫関係だったらしいですね」

すぐに美里のことを思い出す。

「それと今回の自殺と、何か関係があるのでしょうか」

「わかりません。しかし芦沢さんのパソコンやスマホを調べたところ、誰かから脅迫されていた形跡がありました」

「不倫をしていたことで、誰かに脅されていたというわけですか」

刑事は曖昧ながらも首を縦に振る。

「可能性はあります。とにかく芦沢さんは誰かから脅され、会社の重要な情報を渡すように脅迫された。そしてそれを苦にして自殺してしまった。そうなると恐喝事件にはなるでしょう」

有希は胸騒ぎを覚えた。瀧嶋から預かったUSBメモリー。もしもあれで会社の大事な何かが盗まれたのならば、自分も芦沢と同じかもしれない。さらに瀧嶋から、美里の不倫相手のことを根掘り葉掘り訊かれたことも思い出した。

「しかしうちみたいな会社に、そこまでして手に入れるような情報なんかないと思いますが」

　有希は今でも本当にそう思っている。

「私にはわかりませんが、見る人が見ればけっこう重要な個人情報なんかもあったりするんじゃないですか」

「だってうちはただの清掃会社ですよ」

「まあ、確かにそうなんですよね。でも取引先とかの情報とかはどうですか」

「取引先っていったって、原子力発電所とか自衛隊とかではありませんよ。ごく一般的な会社の清掃業務ですから」

　刑事が手元の資料を捲《めく》りながら首を捻る。

「確かに、何かこう重要施設って感じはしないですね。まあ強いて言えば親会社の電力会社とか、その系列の火力発電所ぐらいですかね」

D

「逸子さん。あなたがスパイだったのですね」

　セキュリティセンターの小会議室に逸子を呼び出した。彼女が椅子に座るや否や、桐野はいきなりそう問い質した。

「何を根拠にそんなことを言うのかしら」

「私のパソコンがスパイウェアに感染していました」

一昨日桐野がノートパソコンを立ち上げると、ちょっと重くなっているような気がした。立ち上がりが遅いのは、メモリー不足や、スタートアップなどの不要なアプリが邪魔をしている可能性があるが、それ以外にウィルスの感染を疑う必要があった。桐野はタスクマネージャーを起動し、一つの不正なウィルスを発見した。それはスパイウェアで桐野のパソコンを監視していた。

「発信先が不明なのはもちろん、なりすましメールも一切開いたつもりはなかったのですが、本物の逸子さんからのメールにウィルスが仕込まれていたら、さすがに防ぐ方法はありません」

逸子は桐野を見てにっこりと微笑む。

「さすが桐野君ね。そうよ、あのスパイウェアは私が送り付けたの」

「どうしてそんなことをしたんですか」

「あなたに興味があったからよ。確かにフェアじゃないけれど、気になる人のことはやっぱり知りたくなるじゃない」

逸子は桐野に顔を近づける。

「嘘だ。あなたはそんな目的で、ウィルスを送り付けたんじゃない」

以前から怪しいところはあったが、スパイウェアを送り付けたとなると見過ごせない。一体この女は何者なのか。

「あなたが好きだったことは嘘じゃないけど、ばれてしまったらしょうがないわね。そうよ、私はスパイよ」

「どこの国のスパイですか。やっぱり北ですか」

「もしもそうだったらどうする。今ここで逮捕されちゃうのかしら」

「逮捕して尋問します」

「でも、私は北のスパイなんかじゃないわよ」

「じゃあ、どこのスパイですか」

桐野は席を立って身を乗り出した。

「外務省よ」

セキュリティセンターには外務省から派遣された若手官僚がいた。しかし逸子はあくまで一般のスタッフとして採用されていたので、その官僚と連携している様子はなかった。

「このセキュリティセンター内で起こっていることはもちろん、ダークネットや独自の人脈で収集した情報を外務省に報告してるの。外交の最前線にいるくせに、外務省の諜報活動は、内調はもちろん警察や自衛隊に比べてもかなり遅れているからね」

「だからといって、私のパソコンを覗くことが許されるわけではない
「まあ、桐野君には迷惑を掛けたけど。あの時はそうしなければならない理由があったのよ」

「どんな理由ですか」

「このセンター内に、北のスパイが紛れ込んでいるからよ。そして私はそのスパイが、桐野君だと思ったの。だからあのウィルスを送り付けた。しかし桐野君のパソコンの中には、それらしき痕跡はなかったわね」

「じゃあ、一体誰が北のスパイなんですか」

「それは私にもわからない。でもそのスパイは、『バタフライ』というコードネームで呼ばれているらしいの」

それは浦井の手紙に書かれていた内容と同じだった。

「蝶に関する名前の持ち主など、あのセンター内には誰もいません」

「当たり前よ。そんなすぐにばれるコードネームを、つけるはずがないじゃない」

第六章

『地球温暖化の影響で、今年の夏も猛暑が予想されています。経済産業省の予測では、東京オリンピック開催中の今年の夏の電力需要は……』

有楽町駅前のスクランブル交差点。壁面に設置されているモニターでは、女子アナウンサーがそんなニュースを読み上げていた。

その時スマホが鳴りＬＩＮＥが着信する。

『例の件、あまり時間がありません。なるべく早くお願いします。　竜崎』

もう一度藤原とデートをするように命令されていた。最近竜崎の要求はエスカレートする一方で、今すぐにでもパピオンをやめたいと思っていた。

しかし店をやめたぐらいで、あの男が許してくれるだろうか。そんなことを考えながらも、有楽町駅の高架をくぐりマリオンの脇を抜け銀座のお店に向けて足を早める。

ＬＩＮＥをブロックし、スマホの電話番号を変えればどうだろうか。

会社も自宅も教えたことはないが、しかしあの男だったら当然調べているはずだ。勝手にそんなことをすれば、あの男が激怒して、実家や家族など自分の弱点を突いてさらに脅してくるのは間違いない。

それが予想できるだけに、竜崎の命令を拒《こば》めない。結局ずるずると今日の今日まで問題を先送りしてきたが、いよいよ藤原とデートをしなければならないのか。

『今日中に連絡を取ります』

そう返事をするしかない。そして藤原と連絡を取れば、彼は喜んでデートの誘いに乗ってくるだろう。

今自分がやらされていることは、ハニートラップそのものだった。これは北朝鮮や社会主義国のスパイがよく使う方法らしい。自分は何か国際的な謀略に巻き込まれているのだろうか。

『やれるかやれないかの問題じゃないんだ。やってもらわなければあなた自身が困ったことになるだけだ』

もともと目つきの悪い男だったが、そう言った時の竜崎の眼差《まなざ》しには人を殺しかねない暗さがあった。

視線を感じて、ふと後ろを振り返る。

一人の男が自分の後ろをついてくるが、尾行されているような気がしてならない。最近は自宅や銀座のお店、そして職場の近辺でも誰かに見張られているような気がする。疚《やま》しいことをしていると思っているから、余計にそう思ってしまうのだろうか。

尾行されていると思った時、それをまくための方法を竜崎からいくつか教わっていた。一つはエレベーターに乗ることだった。また上りのエスカレーターに乗ってすぐに下りに乗り換えるという方法もあった。あとは男性の尾行者にしか通用しないが、女性の下着売り場に逃げ込むという方法もある。後ろの男がずっとついて来るならば、銀座のデパートの下着売り場に行ってみようと思っていた。

数寄屋橋《すきやばし》の交差点まで進んだが、スクランブル交差点の信号が赤だった。後ろの男はスマホを片手に立ち止まり、ちらりと自分を見たような気がした。

すぐに前を向くと、交差点の向こう側の交番が視野に入った。

水色の制服を着た警官が、警杖《けいじょう》を持って立っている。

このままずっと竜崎の言いなりになるのならば、いっそ自首した方がいいのではないか。自分がどんな犯罪に加担して、その結果どんな罪に問われるのかはわからないが、そうすればもうスパイみたいなことを続けなくてすむ。

それにそうすれば、あの気持ちの悪い新聞記者に抱かれる必要もなくなる。

やっぱり自首するべきだ。

その時、数寄屋橋の歩行者信号が青に変わり、人々がいっせいにスクランブル交差点を渡りはじめる。

交差点の向こう側の交番に向かって歩き出そうとする足が止まる。

警察に自首をしたところで、果たして自分の言うことを信じてもらえるだろうか。店で客のスマホを充電器に接続した。ありもしない噂話をまことしやかに宴席で話した。新聞記者をその気にさせて、ホテルの部屋に連れ込んだ。

これらがどんな罪に問われるのか。

そもそもあの交番にいる純朴そうなお巡りさんに、自分は何と説明すればいいのか。こんなスパイ小説みたいな話に、まともに対応してくれるとは思えない。

しかもそんなことを警察に話したことがばれれば、あの竜崎が黙っているはずがない。何かとんでもない制裁をされてしまうのではないか。

そう思うと足がすくむ。

進むに進めない。戻るに戻れない。

数寄屋橋の交差点で一人立ち尽くし、自分の八方塞がりな状況に絶望していると、歩行者信号が赤に変わってしまった。そして一台の黒いワゴン車が走り込んできて、自分の目の前でピタリと止まった。

そして車の後部の扉が開き、その中から一人の男が降りてきた。

その顔を見た瞬間、心臓が止まるほど驚いた。

「手荒なことはしたくありません。いくつかお訊ねしたいことがありますので、このまま一緒に車に乗ってください。栗野有希さん」

C

『川崎の火力発電所、事故で三基稼働休止』

淑姫が手にした新聞には、そんな見出しが躍っている。

「でもこれがムグンファの花びらの攻撃であるということは、どこにも書かれていませんね」

「それを発表したらパニックになるからだろう。しかし予告通りに発電所が誤作動したのだから、ただの事故ではすませられない。原因がわかればそれがサイバー攻撃だったことはわかるだろう。いよいよこれで、日本政府は僕たちの要求を飲まないわけにはいかなくなった」

『経済産業省では関東地方のこの夏の電力の予備率は八%と予測しているが、これが三%を切ると予期せぬ事態が起こりかねない。しかもこの夏は、酷暑の七月にオリンピックが開催される。オリンピックを見る時に冷房やテレビの電力需要が跳ね上がることも予想され、経済産業省では今年の夏は例年よりも綿密な発電計画を立てていた。しかしこの事故で計画の修正が余儀なくされた』

新聞にはそんなことも書かれていた。

「そして今夜、このメールを匿名通信で桜庭大臣に送り付ける」

『桜庭大臣殿　川崎の火力発電所で我々の実力がご理解いただけたと思う。ハッキングしたのはその発電所だけではない。夏季の電力需要がひっ迫する時期に、これと同様なことが同時多発的に起これば、オリンピックどころではないだろう。もしも東京オリンピックを無事に執り行いたいのならば、身代金として一〇〇〇億円支払え。　ムグンファの花びら』

淑姫は浦井のパソコンのその文面を見せられた。

「確かにあといくつか発電所が停止してしまったら、日本政府もこの要求を拒むことができないでしょうね」

「その通りだ。首都圏で大規模停電が起こってしまえば、肝心のオリンピック自体が開催できないからな」

「だけど一〇〇〇億円もの大金を用意できるんでしょうか」

その金額が多すぎて実感できない。それだけの金が手に入れば、祖国の経済危機も解決してしまいそうだ。

「まあ、問題はそこだろう。仮に用意できたとしても、それだけの金を闇から闇へと動かすことはできないだろう」

「受け取る方も一苦労ですよね」

「決済は仮想通貨を使うことになるだろう。しかしもっと難しい問題がある」

「何ですかそれは？」

淑姫は浦井の顔を覗く。

「単純にサイバー攻撃で東京オリンピックをぶち壊すだけならば、それは案外簡単だ。やり方はいくらでもある。しかしそれに成功しても、平和の祭典を妨害した悪名が残ってしまえば、国際的な非難を浴びる。今のところムグンファの花びらは韓国のアノニマス的な愛国ハッカーと思わせているが、北と僕が仕組んだ攻撃であることに気づいている連中もいるだろう」

国際的な謀略戦には必ず裏があり、さらにその裏の裏もある。淑姫もその世界の複雑さは理解していた。

「もしそれがわかってしまったら、私の国にもっと厳しい経済制裁が課されるというわけですか」

浦井は大きく頷いた。

「そういうことだ。既に東京オリンピックは人質に取った。しかしその人質を殺してしまったらこっちの負けだ。無事にオリンピックを開催させて、さらに秘密裏に身代金だけせしめる。この作戦はそんな複雑なミッションなんだ」

A

有希を乗せた黒いワゴン車は、古い雑居ビルの前で停車した。車を降りたところで逃げようと思ったが、サングラスをした屈強な男に腕を掴まれる。

「瀧嶋さん、あなたたちは何者なの。警察、それともどこかの国のスパイなの」

数寄屋橋の交差点で黒いワゴン車から降りてきたのは、かつて自分と同棲していた瀧嶋慎一だった。

「今はまだ私たちの正体は言えませんが、あなたの敵ではありません。安心して私についてきてください」

そんなことを言われても、まったく信じられない。

エレベーターに乗せられてそのビルの八階で降りる。そこには、何の看板もない小さなオフィスがあった。有希がそこに入った途端、入り口のドアの鍵が掛けられる。まるで牢屋《ろうや》にでも入れられたような気分だった。しかもオフィスの中にも大柄な男が二人立っていて、有希は遂に逃げることを諦める。

古い応接セットに座らされると、目の前に瀧嶋が座った。隣のテーブルでは、記録係のようにスーツ姿の男がパソコンを開いている。

「栗野有希さん。私があの部屋を出て行った後も、私たちはずっとあなたの行動を監視していました」

「あなたは私のことを愛していたわけではなかったのね」

その一言に、瀧嶋は顔を歪《ゆが》めながら目を伏せる。

「申し訳ありません。この国を揺るがす大きな危険が迫っていたので、ああいう方法を取ってしまいました。あなたの心を弄んだことは、心からお詫びします。この通りです」

瀧嶋が大きく頭を下げる。

「私はあなたがあの公園のベンチで食事をするのを知っていたので、わざとあそこにスマホを落としました」

やはりそうだったのか。

「渋谷のＴＳＵＴＡＹＡで会ったのも、全部わざとだったのね」

「そうです。偶然を装って背後から声を掛けました」

「私は騙されていたとも知らないで、あなたに気に入られるように必死に料理を作ったりしていたのね」

有希の目から大粒の涙がこぼれ落ちる。健気《けなげ》だった自分があまりにも惨《みじ》めだ。そう思うとますます涙が止まらなくなる。

「本当に申し訳ありません」

「有紀美という女が哉太を誘惑したのも、そして私のスマホにＬＩＮＥが誤送信されたのも、全部あなたの仕業だったのね」

それはダブルハニートラップという方法だった。真面目で浮気などしないターゲットには、まずはその恋人に浮気をさせて二人の関係を壊してしまう。男性は女性に比べてハニートラップに引っかかりやすい。ロシアや中国ではよく使われている方法だと瀧嶋は説明した。

「酷い。酷すぎる」

「本当に申し訳ありません。しかしあなたのやっていたことも、決して許されることではありませんよ」

瀧嶋の目が鋭く光る。

「あなたは日本という国を裏切りました。それによって、この国は大きな損害を被るかもしれません」

有希の心臓が高鳴った。

「あなたは自分がやっていたことの意味をわかっていますか」

瀧嶋をなじっている場合ではなかった。自分が竜崎にやらされていたことが、国や今の政権に何かしらの不利益を与える行為であることは想像はついていた。ただそれを真剣に考えないようにしていただけだった。

「あなたがやっていたことは、正真正銘のスパイ行為、国家に対する反逆です。ロシアや中国、そしてアメリカでも死刑となる重罪です。死刑制度のないフランスなどの民主主義の国でも、無期懲役などの非常に重い罪になります」

「私は、何も知らなかったんです」

苦し紛れにそう言った。

「あなたと同居しているときに、スマホもパソコンも、そしてあなたの会社のネットワークも徹底的に調べさせてもらいました。そこにはあなたがスパイだった証拠が、山のようにありました」

有希は怖くて瀧嶋の顔が直視できない。

「あの竜崎という男から頼まれただけです。最初はお店で聞いたお客さんの噂話を教えてあげただけなんです。それがいつの間にかどんどん要求がエスカレートしてきて、でも断ろうとすると脅迫されて」

「それが彼らの常套手段です。スパイマスターが工作員を育成するときは、最初から無理な要求はしないんです。簡単なお願いをして少額のお礼を渡す。そして徐々に要求を高めていき、気付いたときにはずぶずぶの関係にさせてしまう。あなたの場合はまさにその典型的なパターンです」

有希は何も言えずにハンカチで涙を拭う。

「あなたの場合、妹さんの病気のこともあり、竜崎に利用されたことは私たちもわかっています」

視線を上げると、瀧嶋が優しく微笑んでいる。

「すいません。私、どうしてもお金が必要だったんです」

心の堤防が決壊したように、涙と鼻水が溢れ出す。もう何カ月こんな苦しみを抱えていただろうか。誰にも言えない悩みが自分の頭に充満し、気《き》がおかしくなりそうだった。しかし今、瀧嶋にすべてが暴かれて、まな板の上の鯉《こい》のようになったことで、いくらか有希の心は軽くなった。

「粟野有希さん。あなたは私たちに保護されて、本当に良かったと思いますよ。もしもあのまま続けていたら、いつか彼らに殺されてしまったかもしれません」

まさか日本でそんなことがとも思ったが、確かにあの竜崎の目を思い出すと、そんなこともあり得るような気がした。

「協力を拒んだ工作員は、口封じのために殺されます。または良心の呵責《かしやく》に耐えられずに、あなたの上司のように自殺してしまうかのいずれかです」

芦沢の自殺もこのスパイがらみの事件だったのか。流れ続けていた有希の涙と鼻水がいつの間にか止まっていた。

「我々はあなたのスパイマスターである竜崎という男が、バタフライと呼ばれるコードネームの北のスパイであることは掴んでいます」

そんなコードネームは初耳だった。

「自分が働いていたお店がパピオンだったから、バタフライなんですか。それとも私の源氏名が蝶野だったから？」

「いいえ。竜崎の苗字が由来だそうです」

「どうして竜崎が蝶になるんですか」

「昔大流行したテニス漫画に、竜崎という人物が登場するんです。その人物のニックネームに蝶という言葉が入っていたんです。しかしコードネームに深い意味はないので、あまり気にしないでください」

有希には何のことだかわからなかった。

「あなたにお訊ねしたいのはここからです。我々は何人かバタフライらしき人物を探し出しました。しかし決定的な証拠がありません。だからあなたの証言だけが頼りです。これから何枚か写真を見せます。その中にあなたのスパイマスターだった竜崎がいたら、正直に教えて下さい。」

瀧嶋が机の上に一枚の写真を置いた。スーツ姿の中年男性だが有希に見覚えはない。首を横に振ると、瀧嶋が新しい写真を見せる。派手なアロハを着たその男性も有希には見覚えがない。さらに数回同じことを繰り返した後、顔見知りの男が写っている写真があった。しかしそれは同僚の佐藤だった。そしてその佐藤の写真の後に、公園のベンチで座っている竜崎と有希の写真を見せられた。

「この男です。このなんとも言えない目をしている男です。この男が竜崎です」

D

不具合が発生した川崎の火力発電所の監視カメラに、浦井らしき人物が映っていた。すぐにセキュリティセンターから、すべての重要インフラの監視カメラに、浦井らしき人物が映り込んでいないか確認するように通達がされた。そして同時にスタンドアローン型であっても、制御系のコンピューターがウィルスに感染していないかの再チェックが行われた。

しかし火力発電所などの重要インフラは、脆弱性が発見された昔のソフトを使っている割には、パッチを当てるために施設を止めることは難しい。発電所などを一度止めると、再稼働させるまでに莫大なコストと数ヶ月単位の時間が必要だからだ。

「官邸が秘密裏に、ムグンファの花びらと取引をしているという噂があるわ」

オリンピックの開会式まで二時間を切っていた。明治《めいじ》神宮外苑《じんぐうがいえん》の新しい国立競技場のスタンドに続々と観客が集まって来ている。

「この騒動を収めるために、金を払うということですか」

「詳しいことはわからないけど、もしもう話が付いているならば、今日、この会場では何も起こらないかもしれないわね」

　重要インフラの他に、狙われる危険性が高いのはこの新しくなった国立競技場だった。桐野と逸子は、セキュリティセンターの特命でパソコン持参で国立競技場の警備本部に陣取っていた。

　デザイン案でひと悶着あったこの新しい国立競技場だが、建設費を大幅に減らし三年間の月日をかけて二〇一九年一一月に無事に完成した。収容能力は六八〇〇〇人で、サッカーやラグビーにも使用できるように天然芝を敷き詰めた。屋根の一部を透明ガラス製にして芝の生育に必要な日照を確保し、また地中に配管を張り巡らして、冷水や温水で芝に適した温度を保っている。ちなみに名称に「新」はつかず国立競技場のままである。

『千駄ケ谷駅前で、酔っ払い同士の喧嘩が発生』

『オリンピック開催反対のプラカードを持った集団が騒いでいます』

『総理の到着が遅れるらしいです』

　警備本部には会場周辺の状況が、無線で刻々と伝えられる。

「桐野君。まだ事件は解決されていないみたい」

逸子がスマホを見ながらそう呟く。

「どうかしましたか」

「ツイッターで妙な呟きが拡散されているわ」

逸子から手渡されたスマホには、ものすごい勢いでリツイートされる一通のメッセージが表示されていた。

『旅客機の自動操縦システムのハッキングに成功した。現在東京の上空を飛んでいる旅客機が国立競技場に向かったらどうなるだろう』

「さすがにこれは悪戯よね。ムグンファの花びらを名乗っているわけでもないし、そもそも旅客機のハッキングなんかできるはずがないわよね」

桐野はかつて見たネットの記事を思い出す。

「今や飛行機は着陸まで自動操縦でやれる時代ですが、実際に自動操縦に使われているプログラムは古いものが多く、セキュリティはかなり脆弱なんです。だからまったく不可能とは思えません」

アメリカの国土安全保障省が二〇一六年に、実際にボーイング757型機を遠隔からハッキングしてみせて、そのリスクを警告していた。

「本当なの？　もしもそんなことになったら、ここ国立競技場は火の海よ」

「もしも旅客機の自動操縦がハッキングできたとしても、飛行機にはパイロットとコパイロットの二人が必ず乗っています。遠隔操作だけで飛行機をどこかに突っ込ませることは不可能でしょう」

そうは言ったが、桐野は念のためにスマホのアプリを立ち上げた。そこには関東地方の地図の上を、多数の飛行機が飛んでいることが表示されている。

「これは世界中を飛行している飛行機のフライト情報がわかるアプリです」

『フライトレーダー24』というそのアプリは、世界中を飛ぶ飛行機のフライト情報をライブで把握できるもので、その飛行機の便名はもちろん、高度や速度、そして何よりその遅延情報がわかるものだった。

「なるほど、これを見ればそんな飛行機があるかどうかはすぐにわかるわけね」

今もまさに羽田と成田を起点に、何十機もの飛行機が東京上空を飛んでいることをそのアプリは示していた。

「確かにこれを見ると、何機かの飛行機がこの国立競技場に向かっているように見えるわね」

逸子の言うとおりそのアプリ上ではいくつかの航空機が、西から明治神宮や国立競技場方面に向かっているように見える。

「確かにこれはおかしいですね。こんなルートで旅客機が飛ぶはずがないんですよ。

日本上空には米軍が管理する横田空域といわれる旅客機の飛行禁止区域があって、どこをどう飛ぶかは事前に厳しく決められているはずですから」

その時、上空でジェット機の爆音が鳴り響いた。

「米軍の戦闘機だわ。スクランブル発進ってことかしら」

「東京上空を戦闘機が飛ぶなんて見たことがありませんね。自動操縦のハッキングじゃなくても、本当に旅客機がハイジャックされたとしたら……」

桐野は逸子と目を見合わせる。

「もしもそんなことが起こったら、米軍はハイジャックされた民間機を撃墜することを躊躇しないわよ」

「どうしてですか」

「だって今日この国立競技場には、米軍の最高司令官でもあるアメリカ合衆国の大統領も来賓《らいひん》として出席するから」

C

淑姫は浦井とともに代々木のビルの屋上にいた。

ここからは新しくなった国立競技場がよく見える。浦井たちの攻撃は、オリンピック開催当日になっても続けられていた。

「さすがにこの偽装ハイジャック計画には無理があったかな」

浦井はスマホのネットニュースを見ながらそう呟いた。

『旅客機のフライトデータが改ざんされる。フライト情報を改ざんし、ハイジャックが起こっているように偽装する悪戯が発生した。同時に旅客機の自動操縦装置をハッキングしハイジャックしたとのデマがネットで拡散されたため、米軍や自衛隊機のスクランブル発進も行われたがすぐに悪戯と判明した。一部の便の離発着が遅れたが、現在は予定通り運航している』

一時は成田と羽田の新たな航空機の離陸が中止となったが、原因がわかるとフライト情報は速やかに訂正された。

「しかしそれでも、米軍機がスクランブル発進をしたのだから、日本政府も肝を冷やしたに違いない」

「もうすぐ開会式がはじまろうとするのに、ネットのデマぐらいでは今さら式を中止できませんからね。六八〇〇〇人の観客を一斉に避難させたら、それこそパニックが起こりますから」

「今もアジトのサイバー部隊員たちに、オリンピックに関するありそうなデマを拡散させている。だからこれから僕らがやる攻撃もきっと上手くいくはずだ」

浦井はそう言ってほくそ笑む。

「しかし浦井さん、どうやって身代金を奪うつもりですか」

淑姫にはそれがわからなかった。こんなネット上のデマや嫌がらせを続けていても、日本政府が一〇〇〇億円もの金を支払うとは思えない。

「人間どうしても身代金を払いたくなる時って、誰を人質に取られた時だと思う」

「やっぱり自分の子供ですか」

淑姫がそう答えると、浦井が首を左右に振る。

「自分だよ、自分。人質は国立競技場にいる六八〇〇〇人の観客。さらに各国の選手団。そしてその中には、この身代金を払うかどうかを決断する内閣総理大臣もいるからね」

そして浦井は、新たな脅迫メールを桜庭大臣宛に送りつける。

『桜庭大臣殿　我々の実力は十分にご理解いただけたと思います。しかもまだ、誤作動させていない大型インフラ施設が複数あります。さらにこれから、国立競技場に向けて次なる攻撃を仕掛けます。しかし一〇〇〇億円というのはさすがに大金でしょう。そこで我々は大幅なディスカウントを提案します。身代金は一〇億円でけっこうです。そのかわり開会式がはじまるまでに、仮想通貨で事前にお伝えした口座に入金してください。そうすれば我々は攻撃を即座に中止し、この取引の件も一切口外しません。　ムグンファの花びら』

「多分この身代金は、支払われるんじゃないかな」

浦井は白い歯を見せる。

「どうしてですか」

「日本政府には官房機密費という領収書のいらない予算があるんだ。それは年間で予算化されているんだけど、まだ一〇億円ぐらいは残っているんじゃないかと思ってね」

どこの国にもその手の機密費はあるが、日本のそれも使い道は一切明かさなくていいらしい。

「これから複数のドローンを同時に飛ばして、国立競技場を襲撃する。淑姫にはそれを手伝《てつだ》ってもらいたい。操作はGPSのおかげでずっと簡単になったから、淑姫でも簡単にできるはずだよ」

準天頂衛星「みちびき」の運用がはじまって、日本におけるGPSの精度がメートル単位からセンチ単位まで高まった。それによりドローンの飛行精度も高まり、また同時に積載能力も向上したそうだ。

「ドローンは小さすぎるから、航空用のレーダーでは捕捉できない。二〇一五年に日本の首相官邸にドローンが落ちていた事件があったが、官邸の警備員は誰もそれに気付けなかった。また韓国でははるばる北朝鮮から飛来した三台の小型の無人機に、韓国軍がまったく気付けなかった」

かつてドローンは、小さすぎてテロには利用できないと言われていた。しかし南米のベネズエラの大統領が、二〇一八年に爆薬を積んだドローンに暗殺されかかる事件が起こっていた。さらに中東では、石油パイプライン施設が爆発物を搭載したドローンによって攻撃され多大な被害を受けていた。

「ドローンの弱点は、天候、特に風の影響を受けやすいことなんだ。今日は蒸し暑いけど、風はそれほどでもないね」

D

『信濃町《しなのまち》駅方面から、何か小さな飛行体が飛んできます』

監視カメラがその映像を映し出した。

特別警戒本部にいた桐野と逸子も、そのモニターに目をやった。

「カメラをアップしろ」

モニターには空中を移動する黒い小型のドローンが映し出される。

「やはりドローンか。爆発物らしきものは積載しているか」

『わかりません』

「しかしこの大きさならば、大したものは積めないはずだ」

ドローンといえば映像撮影によく利用されるが、オリンピック期間中はマスコミであっても、国立競技場周辺でドローンを飛ばすことは禁止されている。

「スカイウォールを使って捕獲できるか」

ドローンによる攻撃に対して、何も対策をしていないわけではなかった。

すぐにロケットランチャーのような装備を肩に担いだ一隊が、グラウンドに現れた。そして上空を飛行するドローン目掛けて、肩の装備の引き金を引く。これはイギリスの会社が開発したドローン捕獲装置で、発射された捕獲機がドローンを網のようなもので絡めとり、それをパラシュートで落下させる。万が一観客の上に落ちても人を傷つける可能性が低いので、実際にドイツの警察で導入されている装備だった。

『さらに千駄《せんだ》ヶ谷《や》方面から二つ来ます。この二機はかなり大きいです。何かを積載しているようにも見えます』

増設された可動式の監視カメラがそのドローンを映し出す。プロペラが六個もあるその白いドローンは、確かに機体に何かを積んでいるように見える。

ドローンによるテロ対策は各国でもいろいろと検討されていた。

散弾銃による撃墜が一番実効的だったが、破片や落下物で周囲に被害が出るので簡単には行えない。他には鷲《わし》や鷹《たか》などの猛禽類《もうきんるい》を使って捕獲するという方法もある。

「桐野さん窪田さん、あの二機をハッキングできますか」

警戒本部の部長から、桐野と逸子に声が掛かる。

飛来するドローンによるテロを防ぐ最も確実な方法は、ドローンをハッキングしてしまう方法だった。ドローンにはIoT機器特有の脆弱性があり、技術的には簡単にハッキングできる。イカロスというハッキング専用のデバイスも開発されていて、桐野と逸子はその操作方法を警備チームにも教えていた。

桐野が無線で連絡すると、即座に隊員たちがそのデバイスを操作しはじめる。

空中を飛来する二機の大型ドローンは、スタンドの観客の頭上を低空で飛行している。それに気付いた観客がそれを指さし大声を上げる。

隊員たちはドローンに向かって手元のデバイスを動かすが、ドローンはそのまま飛行を続けている。桐野がその行先に目をやると、国内外の要人が座る予定の貴賓席があった。

「奴らの狙いはこれだったのか」

まだそこに座っている人は僅かだったが、今後そこに座る人々の顔を想像すると、桐野の心臓が凍り付いた。

その時、一機のドローンが静止した。ドローンのハッキングに成功したのだろうか。続いてもう一機のドローンもピタリと空中で静止する。

『ハッキングに成功しました』

桐野のイヤホンに連絡が入った。

「予定通り代々木の噴水近くの池に水没させてください」

ほっと胸を撫で下ろして、桐野は指示を出す。

ドローンをハッキングしたら、近くの代々木公園内の池に誘導することに決めていた。何を搭載しているかわからないドローンを、むやみやたらに地上に誘導するわけにはいかないからだ。

二機のドローンは大きく旋回し、スタンドの観客のはるか頭上高く飛び去り、やがてモニターでは視認できなくなった。

「何度も訓練した甲斐があったわね」

逸子のその言葉に桐野も大きく頷いた。

『新たな飛行体が、神宮第二球場方面から三機来ます』

モニターに先ほどと同型のドローンが映し出された。

すぐに隊員たちに連絡をしたが、桐野は嫌な予感しかしなかった。

個々のドローンに送られ無線情報をハッキングするので、一つのデバイスでは、一つのドローンしかハッキングできない。しかも代々木公園の池まで誘導させるには、それなりにドローンを飛行させなければならないので、けっこうな時間が必要だった。

「ツイッターに嫌な噂が拡散されているわ」

スマホを見ながら逸子が呟く。

「どんな噂ですか？」

「ここ国立競技場に、サリンを搭載したドローンが飛来しているという噂よ」

ＳＮＳの普及によって、デマは一段と拡散されやすくなった。ここ数年の各地の地震や災害の時にも、『動物園からライオンが逃げ出した』『数時間後に大地震が来る』といった自然発生的なデマがネット上を飛び交った。

意図的にやろうとすれば、これほど簡単で安上がりな情報テロはない。自動操縦のハッキングによるハイジャック騒動もそうだが、敵は人々の不安心理を突く作戦をしてきている。浦井がやりそうな手口だった。この作戦を浦井が立案しているのならば、この後更にどんな手を使って来るのか予想もつかない。

「まさか本当に、あのドローンにサリンが積載されていたりはしないわよね」

逸子ですら不安そうにそう呟く。

桐野は何も言わずに、監視カメラが映し出すドローンの映像に目を凝らす。

『東京体育館方面に新たなドローン三機発見』

それらを目にした観客たちがあちらこちらで悲鳴を上げる。しかも開会式までもう時間がない。あのドローンたちを全部ハッキングするのは不可能だ。

『信濃町駅方面から、さらに五機来ます』

E

「富田」と書かれたプレートの下の鍵穴に、浦井は万能ピッキング用具を突っ込んだ。

特殊開錠用具所持禁止法、通称ピッキング防止法と呼ばれる法律がある。鍵というものは技術のある人間が専門のピッキング用具を使えば、意外と簡単に開いてしまう。そのために特殊なピッキング用具を所持しているだけで、一年以下の懲役か五〇万円以下の罰金が科される法律がそれだった。

以前富田のスマホを遠隔操作していた時に、この家の鍵が映りこんだことがあった。浦井はその鍵を研究し、さらにダークネットで今手にしている万能ピッキング用具を購入した。

練習の甲斐もあり、右に捻ると鍵は簡単に開いた。

ゆっくりとドアを開くと、人の声が聞こえたので一瞬身を固くする。

『いよいよ東京オリンピックの開会式が執り行われます。謎のドローンによる悪戯などもありましたが、予定より三〇分遅れてスポーツと平和の祭典がいよいよ開催されました。ご覧ください。国立競技場の満員のスタンドで各国の小旗が振られています。そしていよいよ日本選手団が入場します』

テレビからの音声だった。

日本政府から、一〇億円の身代金を支払う旨の連絡があった。

そして仮想通貨による入金を確認した連絡が金から入り、サイバー部隊のすべての作戦が終了した。この身代金の支払いの事実は、今後の外交カードとして利用できるかもしれないと、巻き上げた一〇億円以上に金は満足しているようだった。

これでやっと、浦井も日本での趣味に専念できる。

後ろ手で扉を閉め、音を立てないようにそっと靴を脱ぐ。レースの暖簾《のれん》をかき分けてテレビの音声がする部屋に入ると、ソファーに寄りかかって寝入っている麻美がいた。

浦井はすぐに窓を開けて換気をする。

エアコンの室外機から送り込んだ催眠ガスは、作戦通りに麻美を寝入らせた。しかしこのままこの部屋の空気を吸い続ければ、浦井も麻美と同じように眠りこけてしまう。窓を開け外気を大きく肺に入れた後、浦井はいったん玄関に戻り、そこに置いておいた大きなスーツケースを運び込む。そしてソファーに寄りかかって眠っている麻美に近づき、その寝顔をまじまじと見る。

三年ぶりの再会だった。

三年前はこの黒髪を前にしながら、大して楽しむこともできなかった。

相変わらず美しい。何よりその漆黒の髪が堪《たま》らない。浦井は優しく麻美の黒髪を撫で、その黒髪を口に含んだ。このままこの黒髪を、そして麻美自身を食べてしまいたいと思った。

浦井は麻美のうなじに顔を近づけキスをする。

柑橘《かんきつ》系の匂いを吸い込むと目眩《めまい》がした。堪らず麻美の頬に、そしてその小ぶりな唇にキスをする。しかし麻美がムニャムニャと寝言のような呻き声を上げたので、慌てて大きく顔を離す。

この美しい寝顔をずっと眺めていたかったが、あの催眠ガスの効果がどの程度続くのかはわからない。

とにかく麻美を車に運ばなければならなかった。

そしてこの女の剝製を作る。剝製はかつては内臓を取り出して綿や針金で作ることが多かったが、最近はフリーズドライ技術を使う方が出来がよく、しかも簡単に作ることができた。人間の剝製を作るのは難しいが、北の技術者から教わったエンバーミングの最新技術を使えば不可能ではない。

浦井は持参した大きなスーツケースを開く。

眠っている麻美の背中と脚に手を回し、お姫様抱っこで持ち上げる。その時麻美の手から、一台のスマホが滑り落ちた。麻美をゆっくりスーツケースの中に降ろし、その手足をうまく折りたたむと、何とかその中に収まってくれた。目を覚まさないように注意しながら、浦井はゆっくりスーツケースの蓋を閉じた。

A

看板もない怪しいオフィスで瀧嶋に尋問されたが、その後有希は逮捕もされずに解放された。しかもそのまま瀧嶋が車で自宅まで送ってくれた。

『まだ危険は去っていないので、周囲には気を付けてください。本当は警備を付けたいのですが、今は我々も余力がないので申し訳ありません』

竜崎は北朝鮮のスパイマスターで、有希以外にも何人かの人物を工作員に仕立てていると瀧嶋は言った。

『事件が解決するまでは目立った行動は避けてください。下手な行動を取ると、口封じのために殺される可能性があります』

自宅の前で有希を降ろすと、瀧嶋は車の窓を下げてそう言った。有希はもう恐ろしくて、どこかに逃げたい気分だった。

『その場合、実行犯は竜崎とは限りません。プロの殺し屋がやってくるかもしれません。彼らはボールペンで人が殺せるプロ中のプロです。特に駅のホームでは気を付けてください。間違っても最前列には立たないでください』

有希の背筋に悪寒が走る。

道路を歩く時はなるべく車道から遠く、尾行をされるなど怪しい人物を見掛けても、決して慌てずに冷静に行動するように注意された。

『もしも竜崎が接触してきたら、必ず私に連絡を下さい。大丈夫です。絶対に助けますから』

この男に騙されたり脅されたりした有希だったが、その一言は本当に頼もしく、有希の気持ちが少しだけ安らいだ。

そしてその日から、早くも三日が過ぎていた。

あれ以降は得意の料理も作っていない。

今夜もコンビニの弁当ですました後に風呂に入り、さっさと寝てしまおうと思っていた。

有希はバスタブの中で考える。

その後、竜崎からの連絡はない。しかし藤原と接触をしていないことは、そろそろばれるはずだった。それを問い質すＬＩＮＥがきたらどうすればいいのか。

その時、ドアの向こうで何かの音がしたような気がした。

神経が研ぎ澄まされているせいか、ちょっとした物音が気になってしまう。瀧嶋から気を付けろとは言われていたが、いくら気を付けていても、プロの工作員の手に掛かったら、自分なんか闇から闇に消されてしまうかもしれない。

こうやって裸で風呂に入っていると余計に怖い。

有希はすぐに風呂から上がりバスタオルで全身を拭いて下着を身につける。部屋がしんとしているのも嫌だったので、テレビのスイッチを入れる。

『日本人選手団が、一斉に片手を上げて観衆の声援に応えています』

テレビではオリンピックの開会式を中継していて、今まさに日本選手団が登場したところだった。

有希は大きく溜息を吐く。

あまりに不安が大きすぎて、今日が東京オリンピックの開会式だったことも、すっかり忘れていた。

『一九六四年の東京オリンピックでは、日本は金一六個、銀五個、銅八個の合計二九個のメダルを獲得しましたが、今回の東京オリンピックでは何個のメダルを手にするのでしょうか』

ふと机の上のスマホを見ると、電話が一本着信していた。

留守電もなにも残されていなかったが、スマホのディスプレイには竜崎の名前が表示されていた。

E

『日本人選手団を最後に、第三二回オリンピック全参加国の選手団の入場が終わりました。そしてIOC会長が姿を現します』

出掛けにふとテレビに目をやると、国立競技場のグラウンドに色とりどりのユニフォームに身を包んだ各国の選手団が勢ぞろいしていた。そしてその前に、一人の老人が両手を振って登場していた。

何回かの下見の結果、富田誠の帰宅時間は午後一〇時を過ぎることが多いことはわかっていた。しかし今日は特別な日だ。五六年ぶりに東京で開かれるオリンピックの開会式を見るために、早く帰ってこないとは限らない。

窓を閉めテレビと部屋の灯りのスイッチを切ると、家の中は真っ暗になった。

麻美が入ったスーツケースを転がして外に出る。再び特殊なピッキング用具を使って施錠し、車を止めた近くのコインパーキングに向かう。何人かの通行人とすれ違ったが、さすがに住宅地で場違いな大きなスーツケースを引きずっているのは視線を集める。足を速めたいところだが、そうすると却って怪しまれる恐れがあるし、人が入ったスーツケースはなかなか重くそうそう速くは動けない。

何とか駐車場までスーツケースを転がし軽く後ろを振り返る。紺の背広を着た若いサラリーマン風の男と目が合った。しかしその男はすぐにスマホに目を落とし、こちらには関心を示さないのでほっとする。

駐車場にはレンタルしてきた業務用の冷凍車が止まっている。

この冷凍車の冷凍庫はマイナス三〇度まで下げることができる。それは人を凍死させるには十分過ぎる温度だった。浦井は車の脇でスーツケースを開くと、麻美を肩に担いで冷凍庫の中へと運び込む。そして自分も冷凍庫の中に入り、素早く内側から扉を閉める。

冷凍庫内の灯りをつけると、麻美の寝顔がはっきりと見えた。

浦井は思わず麻美の黒髪を手にして自分の頬に撫でつける。そしてその匂いを思う存分吸い込み目を瞑る。今すぐにでもここで麻美を凌辱して、思いを遂げたいとも思ったが、誰かがここにやってくるかもしれない。

「うんむん」

その時麻美が寝言のような声を発した。

浦井は用意しておいたガムテープで麻美の両足首をぐるぐるに縛り、さらに両腕を後ろに回し両手首の自由も束縛した。

「あなた……誰？」

遂に麻美が目を覚ました。しかし手足の拘束は既に終わり、麻美は起き上がることもできないはずだ。

「おはようございます。麻美さん」

麻美は恐怖に顔をひきつらせる。そして体を大きく捩《ねじ》るが、ガムテープに拘束された体は左右に転がることしかできなかった。

「麻美さん、ちょっと寒いかもしれませんよ」

浦井は笑いを嚙み殺し扉を閉めると、運転席の扉を開けて乗り込んだ。用意してあった帽子を被りサングラスを掛ける。さらに白い大きめのマスクもつけた。

『ＩＯＣ会長の歓迎の辞が述べられると、その要旨がビジョンに紹介されます。そしていよいよ、ロイヤルボックスにいらっしゃる天皇陛下による開会宣言が行われます』

カーラジオから開会式の実況中継が流れている。

この冷凍車は車のクーラーと同じ仕組みで、エンジンをかけて車が走れば走るほど、冷凍庫内がよく冷える。浦井がキーを回すと軽い振動とともにエンジンがかかる。そしてアクセルを踏み込むと、冷凍車はゆっくり動き出した。

その時、正面から車のヘッドライトが向かってきた。最初は眩《まぶ》しくて何も見えなかったが、すれ違う瞬間にその運転席のドライバーと目が合った。

もっと本格的な変装をするべきだったかもしれない。浦井はちょっと後悔する。

その車を運転していたのは富田誠だった。

D

複数のドローンが国立競技場の上を飛来した時はどうなることかと思ったが、やがてそれらのドローンはそのままどこかに飛び去ってしまった。

「ただの悪戯だったんですかね」

池に落とされたドローンの積載物はダミーで、爆発物やサリンのような危険な物は積まれていなかった。

「フライト情報の改ざんも、ランサムウェアの攻撃も、さらにはツイッターでのデマの拡散もピタリと止まりましたね」

「官邸と犯人の間で、何かの取引が行われたのかもしれないわね」

逸子がスマホをタップしながらそう言った。

『選手、審判、コーチによるオリンピック宣誓も終わり、遂にここ国立競技場にギリシャから運ばれて来た聖火が到着しました』

壁のテレビモニターでは、聖火ランナーが持ったトーチの聖火と、そこからたなびく白い煙がアップで映しだされる。

「まあとにかく大きな事件もなく、開会式が無事にすみそうで良かったわね。高度で政治的な判断が行われたのかもしれないけど、我々下々の者にことの真相はわからないからね」

桐野は腑に落ちないものを感じていた。何かしらの政治的な判断でこの一連の攻撃が解決したとしても、浦井がそれで満足するとは思えない。

壁のモニターでは、オリンピックに縁のある何人もの人物が聖火をリレーして繋ぎ、いよいよ聖火台へと近づいていく。

その時、桐野のポケットのスマホが鳴った。

『桐野さん、何かがおかしい』

電話の主は富田誠だった。

「どうかしましたか」

『家に帰ったら麻美がいないんです。こんな時間なのにスマホを部屋に置いたまま、どこかに出掛けてしまったようなんです』

　桐野が腕の時計を確認すると、午後一〇時を指そうとしていた。

「もう少し詳しく教えてもらえますか」

『何よりおかしいのは麻美の鍵が家の中にあったんです。しかし家の鍵は閉まっていた。これはどう考えてもおかしいですよね』

　桐野は頭を働かせる。そんな密室事件のようなことが起こるだろうか。

「あと何か、富田さんが気になるようなことがありますか」

『桐野さん、実は車で帰宅する途中に妙な冷凍車を見かけたんです』

「冷凍車？　コンビニとか宅配便の冷凍車ですか」

『違います。車体に会社名とかは書いてない普通の銀色の冷凍車でした。そしてその冷凍車の運転席にいた男が、何となくあの浦井に似ていたような気がしてならないんです』

「それは本当ですか」

　川崎の火力発電所の監視カメラに浦井らしき人物が映っていた。浦井が日本にいるならば、かつて殺害しようとした女にもう一度接触することは、十分にあり得る話だった。

「富田さん、その車のナンバーは見ましたか」

『咄嗟《とっさ》のことだったので、そこまでは……』

ナンバーさえわかればNシステムで車は追跡できる。しかも銀色の冷凍車など、都内をそうそう走ってはいない。

「何とか思い出せませんか。そのナンバーの一部だけでもいいんですが」

『すいません。運転席の男が気になって、ナンバープレートは見ていなかったんですよ』

確かにそれはそうだろう。警察官でもないのに、通りすがりの車のナンバーを気にする人間はいない。

「富田さん。ドライブレコーダーはどうですか？　富田さんの車にはドライブレコーダーはついていないんですか」

E

工場の敷地内に入り冷凍車を停めて入口の重い門を閉める。

ここは倒産してしまった食品加工会社の工場だった。サイバー部隊はここをアジトとして使用するために借りていた。ここにはまだ食品加工工場の機械がそのまま置かれてあり、人がすっぽりと入れられる大きな真空乾燥器、つまりフリーズドライの機械もあった。

浦井は運転中に冷凍庫内の温度を上げた。このまま何もしないで、麻美を殺してしまうのはあまりにも惜しいと思ったからだ。まずは麻美を凌辱し、思いを遂げてから改めて凍死させ剝製にする。

浦井は車を駐車スペースまで移動させると、エンジンを切って車から降りる。そして後ろに回りこんで冷凍庫の扉を開けた。暗い冷凍庫の中に目を凝らすと、麻美の二つの目が弱々しく光っている。

浦井はこみ上げてくる笑いを嚙みしめて、冷凍庫内の灯りをつける。

「あなた、外国に逃げたんじゃないの」

麻美がそう言いながら睨んでいる。

「麻美さんにもう一度会いたくて、わざわざ日本に戻ってきたんです」

「私は富田と結婚したのよ。もう、あなたのものなんかにはならないわ」

「結婚？　それは紙切れだけの問題でしょ。僕はあなたを、もっと物理的に所有したいと思ってるんです」

浦井はしゃがみこみ、麻美と同じ目線で話しかける。

「言っている意味がわからない。私を監禁しても、たとえ私を殺したとしても、あなたは私を所有することなんてできないわよ」

「そうなんですよ。だから今までは上手く行かなかったんですよ。死体を処分するのも大変でしたし、僕も空しくなるだけだった。だけど遂にいい方法を思いついたんですよ」

美しい麻美の眉間に皺が寄った。

「あなた、私を一体どうする気?」

浦井が麻美の黒い髪の毛に触ろうとすると、麻美は冷凍庫の奥へ逃げようと身をよじる。

「僕は麻美さんを剝製にすることに決めたんです」

「何ですって?」

「剝製ですよ、剝製。鹿とかキツネとかであるじゃないですか。僕は麻美さんを剝製にすることにしたんです。そうすればその黒髪をいつでも楽しめますし、好きな洋服や下着を着せて、お人形のように遊ぶこともできるじゃないですか」

麻美が目を丸くして声にならない悲鳴を上げる。まさか自分が殺された後に、そんなことをされるとは夢にも思っていなかっただろう。

「ひぃっひひひひいひひ、ひいっひひ、ひいっひいっひひぃ、ひょひょひょひひいひいひひひひひいひ、ふひょほほほひひひひひひひひっはひひふぁほひひ」

「止めて、その狂ったような笑い声を止めて」

麻美が悲鳴のような叫び声をあげる。

「しょうがないじゃないですか、麻美さん。あなたが剝製になって、僕にされることをあれこれ想像してみてください。もう面白くて面白くて、笑いが止まらないんですよ。ああ、僕はもう興奮し過ぎて気が狂いそうです」

「助けて！　誰か助けて」

「でも大丈夫。麻美さん、そんな簡単には剝製にはしませんから」

浦井が麻美に向かって踏み出すと、冷凍庫の一番奥に麻美は逃げようとする。しかしすぐに冷凍庫の壁に背中がついてしまい、麻美に逃げ場は残されていない。

浦井は麻美の上に覆いかぶさり、胸のボタンを外しにかかる。

「やめて！」

麻美は必死に抵抗するが、両手両足の自由を奪われているので、芋虫のようにもがくしかない。

「ああ、もうめんどくさい」

浦井が麻美のブラウスを力任せに引っ張ると、ボタンが飛び散り白いブラが丸見えになる。

「あまり抵抗しないでくださいよ。今回はあまり手荒なことはできないんですよ。下手に暴れられて麻美さんに傷がついたら、大事な剝製が台なしになってしまいますから」

そして浦井は手にしたスタンガンの安全装置を外し麻美の太ももに当てる。その瞬間、麻美の体は大きく硬直し力を失って床に倒れ込む。浦井はそんな麻美を満足げに眺めると、ナイフを取り出し麻美の両足首を縛めて《いまし》いたガムテープを切る。

そしてジーンズのホックを外してジッパーを下げる。電気ショックで口もきけなくなった麻美だがまだ抵抗しようと体を捩る。浦井がさらに背中にスタンガンを当てると、麻美の体が海老ぞりに跳ね上がる。

裾から青いジーンズを引っ張っても、もはや抵抗する力もないのか麻美はぐったりとしたままだ。

しかしその時、遠くでパトカーのサイレンのような音がした。

D

富田の車のドライブレコーダーに映った怪しい冷凍車は、そのナンバーが判明したのですぐにNシステムにより追跡された。

その冷凍車が練馬《ねりま》方面に向かったのがわかったので、桐野は覆面パトカーに飛び乗った。しかしNシステムはその機械の下を通った車の情報を送るだけなので、どこかの駐車場や施設にその冷凍車が入ってしまえばそれまでだった。

しかし最後にその冷凍車のナンバーを読み取ったNシステムの装置と、その冷凍車が通過しなかった次のNシステムの装置の間に浦井はいる。

まずは路上に銀色の冷凍車が駐車されていないかを、桐野はハンドルを握りながら道の両脇に目を凝らす。しかし大きな通りにはそれらしい車は止まっていない。ならばどこかの横道に入ったのだろうか。桐野はハンドルを切り、細い脇道を車を走らせる。

その時桐野のスマホが鳴った。

『練馬にある浦井たちのアジトがわかりました』

「三嶋君、どうして浦井のアジトがわかったの？」

助手席に乗り込んできた紺の背広の刑事にそう訊ねる。銀縁の眼鏡を掛けているこの男は、どうやって浦井たちのアジトを突き止めたのだろうか。

「実は兵頭さんに、富田麻美の行動確認を続けるように言われていたんです」

「兵頭さんの指示だったの？」

「はい。浦井が日本に潜入したなら、必ず彼女の前に姿を現すはずだと。そして今日、彼女の家の周辺を張り込んでいたら、大きなスーツケースを転がしている浦井が現れたんです。そしてそのまま奴の車を追尾して、やっとアジトを突きとめたんです」

すべては兵頭の掌の上で踊らされていたのだ。

そもそも麻美をこの捜査に巻き込んだのは、浦井を韓国ではなく日本に誘き出すための策略だったのかもしれない。

桐野が車を駅のロータリーにつけると、ドアを開けてその兵頭が乗り込んできた。

「ご苦労だったな、三嶋。しかしどうして桐野君がここにいるんだ。俺はおまえの連絡を聞いて、慌てて出先から飛び出してきたのに」

兵頭が怪訝な表情でそう訊ねる。

「何しろオリンピックで人手が足りなくて、一人でも人員が多い方がいいと思って連絡をしたんです。出過ぎた判断だったでしょうか」

桐野が運転する覆面パトカーには、もう一人小向《こむかい》という若い刑事が乗っていた。浦井のアジトが発見されたのを受けて急きょ公安本部に応援を頼んだが、オリンピックの警備で余剰人員はこの小向しかいなかったそうだ。

「妥当な判断だったと思う」

「しかも桐野さんは連絡した時に、浦井に誘拐された女性を追って既にこの近辺にいたんです」

桐野は富田から通報があったこと、そして浦井によって麻美がそのアジトに監禁されている可能性が高いことを説明した。

「そろそろアジトの工場に到着します」

小向がそう言うと兵頭の顔が途端に厳しくなる。

「桐野君、今すぐサイレンを切って」

覆面パトカーの屋根につけたパトランプをしまい、桐野はそのスイッチを切る。そして対向車もあまり来ない暗い道を黙々と進む。

「そこにある、立ち入り禁止の看板が掛かっている工場です」

いよいよ現場に踏み込む緊張で桐野の心臓が高鳴った。

「まずは工場の周りを一周しよう」

兵頭の指示に従って車はスピードを落とし工場の塀沿いに進む。車の中の四人は、どこか侵入できそうなところがないか目を凝らす。

古い工場だが高い塀が中の様子を遮っていた。周囲を歩く人影はなく、車の通行もほとんどない。

しかしその時、兵頭が裏門らしき入口を発見した。

「止めてくれ。俺と小向はここから潜入してみる。三嶋と桐野君は正門から忍び込んでくれ。三嶋、俺の拳銃は持ってきてくれたか」

「小向が用意してくれました。実弾はさっき自分がきちんと入れておきました」

「中には浦井の仲間の凄腕のスパイもいるかもしれない。しかし我々はむやみやたらに拳銃は撃てない。小向、警察官職務執行法はわかってるよな」

「一応勉強しました」

小向は兵頭に拳銃を手渡しながらそう答える。

「バカ、一応じゃない。本来警察官といえども、銃を相手に向けて撃っていいのは正当防衛ぐらいだ。相手が武器を持っていなかったら、せいぜい威嚇射撃までだ。しかし今回は相手が相手だ。浦井が銃を持っていたら、躊躇《ためら》わずに撃て」

そう言って兵頭が車を降りようとした時、三嶋のスマホの着信音が響き車内に気まずい空気が漂った。

「おい三嶋、大丈夫か。これから俺たちは、北のスパイのアジトに潜入するんだぞ。ちょっとした物音が命取りになるぞ」

A

『明日は以下の放送時間で、重量挙げの競技の中継がございます』

オリンピックの開会式が終わり、スタジオのアナウンサーが明日からの競技の放送予定を説明していた。

このまま部屋にいて安全なのだろうか。

有希は竜崎からかかって来た着信の意味を考えていた。いよいよ藤原に連絡していないことがばれてしまったのだろう。しかし竜崎とはいつもＬＩＮＥで連絡を取り合っていたのに、どうして電話がかかってきたのか。

それだけ竜崎が怒っているということなのか。

ひょっとして、瀧嶋と接触したのがばれてしまったということはないだろうか。

『口封じのために殺される可能性があります』

瀧嶋の言葉を思い出す。

まさか本当に、竜崎の組織の誰かが自分を殺しに現れるのだろうか。北のスパイ組織ならば、それも本当にあり得るかもしれない。

『今さらこんなことを言っても信用してもらえないと思いますが、私は確かに任務のためにあなたの心を弄びましたが、あなたを好きでなかったかといえばそんなことはありません』

最後に瀧嶋はそう言った。その言葉を、そしてあの男を信じていいものだろうか。

その時、有希の部屋のチャイムが鳴った。逃げる前に竜崎が来てしまったのか。

有希はじっと身構えて玄関の様子を窺う。

チャイムの音は三回続いた。

さらに来訪者は露骨にドアノブを回しドアを押している。さすがに施錠してあるので開かないが、有希は生きた心地がしなかった。

やはり瀧嶋に電話をしよう。

そう思った有希は新しく教えてもらった瀧嶋の電話番号をタップする。呼び出し音を聞いているうちに、やがて諦めたのかチャイムの音は鳴らなくなった。

部屋の灯りがついているので、有希が部屋にいるのはばれている。恐る恐る玄関ドアの覗き穴から様子を窺ったが、その角度からは人らしきものは見えない。

ふと呼び出し音が途絶えているのに気が付いた。もう一度電話をかけなおそうとした瞬間、手にしていたスマホが鳴り出したので、有希は悲鳴をあげ心臓が止まりそうになるぐらい驚いた。

震える手でディスプレイを確認すると、見たこともない番号が表示されていた。
二、三度、通話ボタンに指が行ったが、とてもではないがその電話に出る勇気はない。
さっきチャイムを鳴らしたのは誰だったのか。そして今自分のスマホに電話をかけてきているのは誰なのか。ひょっとすると、自分が家にいることを確認するためにこの電話をかけたのかもしれない。

もはやこうなったら、駅前にある交番に飛び込んで助けを乞《こ》おう。

そう思った有希が慌ただしく支度をすると、玄関の鍵の部分でカチャカチャと音がしはじめた。

強引にドアノブを捻っているような音ではない。針金のようなものが差し込まれて細かく動かしているような音だった。よく見ると施錠して横になっていた有希の部屋のサムターン鍵が、カタカタと小さく動いている。

誰かが外から部屋の鍵を開けようとしているのだ。

有希は恐怖で悲鳴も出ないが、部屋の奥へと移動する。

なおも執拗に鍵はカタカタと音を立て、やがて横になっていたサムターン鍵がぐるりと回転して縦になった。

そして部屋のドアがゆっくりと開いた。

D

正門は施錠されていたが鉄条網はなかったので、桐野たちはその門をよじ登って中に入った。地面に飛び降りた二人はすぐに工場内の大きな建物の扉に近よるが、そこは鍵が閉まっていて入れない。僅かな隙間から中を覗くと、建物内は暗く中に人がいるような気配はない。二人はどこかに入れそうなところがないか探しながら、工場の暗い敷地内を足早に進む。

「桐野さんあそこ」

建物の脇の駐車場に銀色の冷凍車が駐車してあった。

プレートのナンバーを見ると、それはNシステムで追跡していた番号と同じだった。

「浦井が運転していた冷凍車です」

二人は車に近づくと運転席を確認する。さらに桐野は後方に回り冷凍庫の扉を開けようとする。しかし扉には鍵が掛かっていてビクともしない。

桐野は冷蔵庫を外から叩く。

「誰かいませんか」

耳を冷凍車にくっつける。しかし中からは何も聞こえてこない。

「すいません。誰かいますか」

もう一度声を掛けるが反応はない。浦井は既に麻美をこの施設の中に移してしまったのだろうか。それとももう既に殺してしまったのか。

「いるなら合図をしてください。麻美さん、聞こえますか」

微かに中から音がした。

「麻美さん。中にいるんですね」

声はしないが、さらに壁面を叩くような音が聞こえる。

「今助けますから。もう少しの辛抱です」

桐野は今一度掛かっている鍵を見る。これを外さない限り、この扉を開くことは不可能だ。

何か役立つものがないかと桐野が周囲を見渡した時、工場の中から一発の銃声が聞こえて来た。二人は顔を見合わせる。

きっと兵頭と小向が、犯人たちと鉢合わせをしたのだろう。

「桐野さん、私は先に突入します。桐野さんも麻美さんを救出したら、すぐに応援をお願いします」

紺のスーツを着たその刑事は、銃声がした方角に向かって走り出した。

E

「警察だ。抵抗すると発砲する」

拳銃を片手に二人組の男が制御室に現れたので、浦井は内ポケットの拳銃を取り出した。

それを見た若い方の刑事が銃を発砲した。

銃声が制御室内に響き渡った時、機転をきかせたサイバー部隊の誰かが工場全体の電源を落とした。すぐに辺りは一面の闇となり、そこにいたサイバー部隊の精鋭たちは一目散に逃走する。

「逃げるな」

追ってこようとする二人に向けて、浦井が闇雲に二発撃つと銃声が大きく響く。当たったとは思えなかったが、二人の追っ手の足を止めるには十分だった。

右に左にとサイバー部隊の精鋭たちは、好きな方角へばらばらに逃げる。浦井もそれに続いたが、冷凍車の中に残した麻美が気になった。あの冷凍車に乗ってここから逃走しようと、駐車場に向かって一人で走り出す。

その途中で紺のスーツを着た若い男の姿が正面に見えた。

その男が片手に拳銃を手にしていたので、さっきの刑事たちの仲間であることは間違いない。浦井は男を目掛けて持っていた銃の引き金を引く。しかし弾は紺のスーツの男の手前の機械に当たり大きく跳ね返る。

「警察だ。武器を捨てろ」

スーツの男はそう言いながら、銃口を浦井に向けて低く構える。

浦井は咄嗟に一発撃って、相手が怯んだ隙に機械の陰に身を隠す。さらに狙いを定めてもう一発撃とうとした時に、相手の男の銃が火を噴いた。

浦井は慌てて身を伏せるが、弾は頭上を大きく外れる。

「ここまでは威嚇《いかく》射撃だ。次は外さないから命が惜しかったら投降しろ」

ここで投降したら待っているのは死刑だけだ。どうせ死ぬならここで撃たれても同じことだ。浦井は機械の陰から狙いを定め引き金を引くと、それは相手の足のあたりに命中したかのように見えた。

悲鳴のような呻き声がしたので、浦井は刑事とは反対方向に走り出す。

「待て」

しかし相手は怯まない。追いかけてくる足音に向けてさらに一発銃を撃った。やっと追手との距離が広がって浦井は一安心する。

工場内にはまだ什器や機械が置かれたままだった。電気が切られているので、相手はこちらの動きがわかりづらいはずだ。しかし浦井はこの工場の内部を知っているので、暗闇の中でも移動できる。音を立てないように扉を開けて、浦井は工場内の隣の部屋へと移動する。

背後で何かが動く気配がしたので慌てて振り返ると、黄がぽつんと立っていた。

「どうやら日本の警察らしい。拳銃を持っているが人数は少ない。黄、おまえの腕の見せ所だ。今からあいつを二人掛かりで仕留めよう」

声を潜めて浦井は言った。

「俺が囮《おとり》になって引き付ける。だからおまえは背後に回って奴を仕留めてくれ」

黄は武器を持っていなかった。しかしこの男ならば全身を武器にして、男を一人絞め殺すことぐらいは簡単なはずだ。

「頼んだぞ、黄」

しかし黄は何も言わずに微笑んでいる。

「どうした、黄。俺の言っている意味がわからないのか」

黄は日本語がわからないわけではない。しかし細かいニュアンスが伝わらないことはよくあった。

「いいか。俺が拳銃を撃って引き付ける。おまえは後ろからアタックしろ」

浦井は身振りも交えてそう説明する。

「サクセンガオワリシダイ、オマエヲコロスヨウニ、キムフクブチョウカライワレテイタ。ダカラ、ワルクオモワナイデクレ」

浦井が銃口を向けるよりも一瞬早く、黄のパンチがみぞおちに入り浦井は呼吸ができなくなった。次に右手を叩かれて持っていた銃を落としてしまう。さらに黄は浦井の背後にまわりこみ、両腕を使い首を凄い力で締め上げてきた。

D

桐野は暗い工場の中を進んでいた。

麻美を救出することは後回しにした。あの冷凍庫の鍵の持ち主を逮捕すれば、鍵も同時に手に入るはずだからだ。

工場の奥の方から物音が聞こえてきたので、物陰に隠れながら近づいていった。二人の男が格闘していた。その片方の顔はすぐにわかった。浦井光治だ。しかしその背後にいる男がわからない。よく見ると後ろの男が浦井の首を締め上げている。浦井は背後の男の腕の間に手を入れて、何とかその縛めから逃れようとしていた。

「手を上げろ」

桐野の大声に二人の男の動きが止まり、暗闇の中で四つの目が桐野を睨む。

「二人とも両手を上げろ」

そう言いながら、二歩、三歩銃を掲げながら近づいた。浦井の背後にいる黒いTシャツの男は、やはり初めて見る顔だった。吊り上がった一重の目とのっぺりとしたその顔、さらに盛り上がった肩の筋肉。体全体から危険なオーラを発していた。ひょっとすると北の工作員かもしれないと桐野は思った。

を上げる。

「手を上げないと本当に撃つぞ」

桐野が二人に向けて銃を突きつけると、Tシャツの男が浦井を突き飛ばして両手を上げる。

「タスケテクダサイ」

日本人の発音ではない。

しかし命乞いをするということは、北の工作員ではないのかもしれない。

「浦井、おまえも手を上げろ」

苦しそうに息をするばかりで浦井は何も答えない。

「浦井、手を上げろ」

桐野がそう言った瞬間、浦井は足元に落ちていた銃を拾い桐野に向かって突きつける。

「浦井、銃を捨てろ」

浦井は銃口をこちらに向けるが、明らかに苦しそうだった。

「……桐野さん、あなたこそ……銃を下げてください。はあ……私は、あなたを……撃ちたくはない……」

「浦井、まずは冷凍庫の鍵を寄こせ。おまえが持っているんだろ」

「鍵ならばここにあります」

浦井は右手で銃を構えたままで、左手でズボンのポケットから鍵を取り出しそれを高く掲げた。

「投げろ」

浦井はその鍵を放り投げると、大きな放物線を描いて鍵が桐野の足元に落ちる。桐野がTシャツの男を睨むと、男はさらに大きく手を上げる。桐野は浦井にだけ銃口を定め、その鍵を拾おうと身を屈める。

「アブナイ」

その瞬間、Tシャツの男が声を上げて桐野の後ろに視線を向けた。それにつられて桐野が背後を振り返ろうとすると、男は豹《ひょう》のように跳ねて猛烈なタックルを食らわせてきた。まるで軽トラックにでもぶつかったような衝撃とともに、桐野は後方に大きく倒される。さらに男は素早く桐野の拳銃を奪おうと手を伸ばす。咄嗟に身を引き抵抗するが、その尋常ではない腕力に桐野は圧倒される。

「桐野さん」

浦井が手にした拳銃を構える。

このTシャツの男を狙っているのか、それとも自分なのか。どちらにしても、そのまま引き金を引かれれば無傷ではいられない。

一瞬の気の迷いが桐野の判断を鈍らせる。

その瞬間、引き金に掛けていた人差し指にTシャツの男の指が重なり、浦井に向けてそのまま引き金を引かれてしまった。同時に浦井の拳銃も火を噴いたが、弾は地面に当たり大きく跳ね上る。その一方で桐野の銃から発射された弾丸は浦井に命中したらしく、浦井は前に倒れこむ。

桐野は銃を奪い返そうと全力で指をふりほどくが、男もそうはさせじと抵抗する。そして銃は二人の手から滑り落ち、音を立てて床に転がる。

それを拾おうと飛び込んだが、信じられない俊敏さで桐野は足を引っ掛けられて大きく転倒してしまう。そしてすぐに上に覆いかぶさられる。マウントを取られ、男から二度三度、顔面にパンチを食らうと桐野の意識が遠のいていく。桐野は上半身を起こされると同時に背後にまわりこまれ、座ったままの姿勢で両腕で強く首を締められる。

「シネ」

桐野は必死になって体を捩るが、喉に空気が通らない。

同時に頸動脈の血の流れも止まっているので、脳に酸素が回らない。このままでは窒息する前に意識を失ってしまう。

絶体絶命。こんなところで自分は殺されてしまうのか。息ができない。しかも早くも視界が薄れはじめ全身から力が抜けていく。

一発の銃声が桐野の意識を覚醒させた。

その銃声とともに後ろの男の力が緩み、やっと気道に空気が入った。桐野は咳込みながらも大きく息を吸い込んで、体を捩じり銃声の方角を見る。

「……三嶋君」

若い刑事が銃を構えているのが見えた。

「手を上げろ」

その瞬間、後ろの男は自分をつき飛ばし、工場の奥へと逃げ出した。

「待て」

三嶋は足を引きずりながらもその男を追いかける。桐野は呼吸をするのがやっとで、二人の行方を見詰めることしかできなかった。その場で仰向けに倒れ込むと、浦井もうつ伏せに倒れているのが見えた。

「浦井、……大丈夫か」

桐野は倒れたままで浦井に声を掛ける。

「はあ、はあ……桐野さん。……友達だから、撃てなかった」

浦井は顔を顰《しか》めてそう言った。

しかし桐野も息をするのがやっとだった。

誰かに揺り動かされて、桐野は意識を取り戻す。銃声を聞きつけて、兵頭がやってきてくれたようだった。

「浦井にやられたんだな」

違うと言いたかったが、上手く言葉が発せられない。

兵頭は銃口を浦井に向けるが、浦井は死んだようにピクリとも動かない。

その時工場の奥の方から銃声が聞こえた。

「三嶋君が、……男を追っています。多分、北の工作員だと思います」

桐野は銃声の方向を指して、何とか声を絞り出す。

「兵頭さん、早く三嶋君の応援を……」

この傷ではもはや浦井は逃げられない。逃げられないどころか、死んでいるかもしれなかった。だったらここは後回しにして、あの若い刑事の応援に行くべきだろう。

兵頭は動かなくなった浦井の様子を確認していた。瞳孔を調べさらに呼吸も確認する。近くには浦井の拳銃が落ちていた。皮手袋をした兵頭がそれを拾うが、浦井はピクリとも動かない。

「しかしさすがに浦井だな。これほどの重傷を負いながらも、最後まで抵抗をするとは、桐野君も運がなかった」

言っている意味がわからない。兵頭は手にしていた自分の拳銃で、浦井の頭に狙いを定める。

「兵頭さん、何をするんですか。浦井はまだ生きているかもしれません。何とか生かして、警察で尋問するべきです。そして事件の全容を解明しないと」

兵頭は桐野を一瞥《いちべつ》する。

「そうはいかないんだよ、桐野君。浦井を生かして尋問すると、何かと都合の悪いことを喋るからな」

そして拾った浦井の拳銃の銃口を桐野に向ける。

「な、何をする気ですか、兵頭さん」

「桐野君。悪いが君も浦井と一緒に死んでもらう」

兵頭の眠そうな目が怪しく光る。

「どうして?」

「最初からそういう作戦だったんだ。浦井にオリンピックを攻撃させて、日本で浦井を殺してしまう。そうすれば一〇〇%浦井の犯罪で処理できる」

桐野には一瞬、兵頭の言っている意味がわからなかった。

「ま、まさか」

右手の銃口は浦井の頭を、そして左手の銃口は桐野の頭に向けられたままで、兵頭が不気味に笑う。

「まさか。まさか、あなたがバタフライだったのか」

「今ごろ気付くようでは、やっぱり君は外事警察には向いていないな。外事は生き馬の目を抜く何でもありの世界だからな」

「どうして？　なぜあなたは北のスパイになったんだ」

「別に北のスパイになったわけではない。今回もたまたま私の利害と、北の利害が一致しただけだ。日本としても、最恐最悪の連続殺人鬼を抹殺できるのだから、悪いことばかりでもないだろう」

「あなたには警察官としての、いや日本人としてのプライドはないのか」

「今でこそ北はならず者国家の代表だが、あの国には豊富な地下資源が眠っている。それを一番よく知っているのはアメリカだ。いずれあの国は北と合意するはずだ。そして自国に向けられたミサイルの方角を、ちょっと変えることができれば、あの独裁国家の存在はまったく違った意味を持つ。そうなれば私の北の人脈こそが、日本の国益になる」

兵頭は平然と言い放った。

「詭弁《きべん》だ。あなたは自分の利益のために、母国を裏切っただけのただの裏切り者だ」

「何とでも言え。しかし浦井をその気にさせるのには苦労した。平壌でも美人スパイに誘惑させたが、上手くいかなかったらしい。やはり本人でなければダメだった。桐野君が麻美を説得してくれたおかげだよ」

すべては兵頭の作戦だったのか。老獪《ろうかい》な目の前の男を睨みつけた時、脳裏に新しい一つの疑問が浮かぶ。

「あなたはいつから北のスパイだったんだ」

「そうだな。君のオヤジさんがマカオで殺される前ぐらいからかな」

「オヤジを罠に嵌《は》めたのもあなたの仕業か」

「君のオヤジは正義感が強すぎた。しかし正義だけでは物事は解決しない。正義は生き残った奴が決めることだ」

父の死の裏でもこの男が暗躍していたということか。

腹の底から怒りが込み上げてくる。しかし自分は何て間抜けなのか。今さら後悔しても手遅れだった。桐野の手には武器はなく、浦井も死んでしまったように動かない。

「私の拳銃で浦井にとどめを刺す。そして君を撃ったこの拳銃を浦井の手に戻せば、誰も何も疑わない」

兵頭はそう言うと、左右両手に持った拳銃の引き金を同時に引いた。

A

部屋の鍵が誰かに開けられた瞬間、有希は窓から外に出た。

部屋は一階なので、回りこめば道に出ることができた。車がすれ違うのがやっとという細い道だが、まったく人通りがないわけでもない、自分と同じぐらいのOL風の女性がすぐ前を歩いている。

慌てて飛び出したので、GパンにTシャツ姿でメイクも一切していない。

有希は後ろを気にしつつ足を速める。

自宅に侵入した人物が、窓から自分が逃げたことに気づくのは時間の問題だ。近くのコンビニに逃げ込むか、それとももっと先にある駅前の交番まで行くか。とにかく人通りの多い明るいところに逃げようと思った。

しかし後方から、一台のバンが近づいて来ることに気がついた。そのバンには見覚えがあった。数日前から、有希の自宅の近くで何度か見かけたことがある。

ちらりと後ろを振り返ると、ハンドルを握っているサングラスの男と目が合った。助手席にももう一人、同じサングラスをした屈強そうな男が座っている。

近くのコンビニまでは、まだ数百メートルの距離があった。

今すぐ走り出したい気分だったが、それでは自分を追いかけてくれと誘っているようなものだった。

バンはゆっくりスピードを上げて、有希のすぐ後ろに迫る。

何人かの女性も道を歩いていたが、自分が怪しまれているのは間違いない。

バンは通り過ぎずに有希と並走し、助手席の男が露骨に自分の顔を覗いている。

有希はスマホを右耳に当てて顔を隠す。そして助手席の男と決して目を合わせないように真っ直ぐに前を向く。もしも今目が合ったならば、その瞬間に車のドアが開き攫《さら》われてしまうことだろう。

出掛けに机の上にあった大きなサングラスを掛けた。目は隠れたのである程度の役には立っているはずだ。しかしこんな真夜中にサングラスを掛けている女など、かえって怪しいのかもしれない。

露骨に視線を向ける助手席の男を無視しながら、有希はまっすぐに歩く。

幸か不幸か道は暗い。

やっと有希が十字路に差し掛かると、コンビニの灯りが目に入った。コンビニまではあと一〇〇メートルだった。今すぐダッシュすればぎりぎり逃げ切れるかどうか。しかし男の足で追われたら捕まるかもしれないし、たとえコンビニに逃げ込んでも男たちが諦めるかどうかはわからない。

バンの中の男は確信が持てないのか、襲ってはこない。しかし車はゆっくり有希の隣りを並走する。

あとはウィッグだけが頼りだった。

有希は店で必ずこの長い黒髪のウィッグをつけていた。そして瀧嶋から、いざという時のアドバイスをもらっていた。

『相手が竜崎ならばこの変装は無意味ですが、ここ数日有希さんを監視しているだけの相手ならばこのウィッグは役立ちます。変装の基本は髪の毛なんです』

D

兵頭は二つの拳銃の引き金を同時に引いたが、撃鉄の音がしただけで弾は発射されなかった。すぐにもう一度引き金を引くが、やはり弾は出ない。さらに二度、三度引き金を引くが、やはりカチカチという音が空しく響くばかりだった。

「どうやら弾切れのようですね。浦井はさっきから派手に撃ちまくっていたから、全弾を撃ち尽くしてしまったんでしょう」

命拾いをしたと思った。

もしもあの銃の中に弾丸が残っていれば、今ごろ自分の命はなかった。

「しかしどうして、俺の銃にも弾が入っていないんだ」

兵頭は自分の拳銃の弾倉を開けると、実弾は一発も入っていなかった。

「それは僕が兵頭さんの拳銃から、弾を抜いておいたからですよ」

紺のスーツ姿の若い刑事が、暗闇から足を引きずりながら現れた。

「三嶋、どうして。なぜ俺の拳銃から弾を抜いた」

怪訝《けげん》な表情で兵頭が訊ねる。

「三嶋。これは一体、どういうことだ」

兵頭が歩み寄ろうとすると、若い刑事は拳銃を兵頭に向かって突き付ける。

「動かないでください。威嚇射撃でも絶対に当たらないとは限りませんから」

兵頭の足が止まる。

「だからこれは一体、どういうことだ？」

「あなたに実弾入りの拳銃は渡せません。あなたこそが北のスパイ、バタフライなんですから」

兵頭の顔に翳が差した。

「あなたは外事警察でありながら、北のためにスパイをしてきた二重スパイだ」

この若い刑事も、そのことを知っていたのか。

「証拠はあるのか」

さっき自分と浦井を殺そうとしたのが何よりもの証拠だと思ったが、桐野は二人の会話に聞き入った。

「往生際が悪いですね。証拠ですか。もちろん証拠はあります」

相変わらず銃口は兵頭から外さない。何かあればすぐにでも引き金を引く勢いだ。

「あなたは国内に多数の協力者を作り、北朝鮮のスパイマスターとして彼らを運用していた」

「だから証拠はあるのか」

「あなたは蝶野泰子という源氏名で働く銀座のホステスを、協力者に仕立てて運用していた。彼女の本当の名前は粟野有希。心臓病の妹の医療代を稼がなければならない彼女の弱みに付け込んで、あなたはその女を利用した」

遠くからパトカーのサイレンが聞こえてくる。

「私は偶然を装い粟野有希に接触した。そして彼女の自宅、スマホの中身、そして会社のネットワークにいたるまで、その周辺を徹底的に調べ上げた。その結果、あなたが彼女のスパイマスターである竜崎、つまりバタフライというコードネームの二重スパイであることを粟野有希本人から聞き出した」

兵頭が口を真一文字にして低く呻く。

「そして同時に、私はずっとあなたを内偵していた。三嶋という名前は、あなたを欺くための偽の名前だ」

「俺としたことが、すっかり騙されていたということか。おまえは警察庁の名簿も偽造していたんだな」

「その通りだ。内偵のために最初から偽名を使っている」

兵頭は顔を顰めて溜息を吐いた。

「それで、おまえの本当の名前は何て言う」

「二重スパイに自分の本名を教えるわけにはいかない」

「さすがに用心深いな。じゃあせめて教えてくれ。おまえは何という名前で栗野有紀に近づいたんだ」

「瀧嶋慎一だ」

エピローグ

D

「まさか兵頭さんが北朝鮮のスパイだったなんてね。まったく人は見掛けによらないと言うか、見掛け通りと言うべきか」

真相を聞いた美乃里は大きな目を丸くして驚いた。

横浜の中華街で食事をして、近くのバーのカウンターで二人並んで酒を飲んでいるところだった。桐野の前にはモヒートが、美乃里の前には下が緑でその上が黄色という見慣れないカクテルが置かれている。

「俺もまさかと思ったよ。北のスパイと情報交換をしていくうちに、金を掴まされたり脅迫されたりして、最終的にはずぶずぶの関係になってしまったらしい。まあ、ミイラ取りがミイラになってしまったってことだな」

当時は兵頭も若かったので、手柄が欲しくて敵の懐に入り過ぎてしまった。しかし相手の情報もそれなりに握っていたので、時が来ればその人脈を使ってのし上がろうとは思っていたようだ。

「それでその後、浦井はどうしたの？」

「それが忽然と消えてしまったんだ」

「浦井は相当な傷を負ってたんでしょ」

「うん、俺にはそう見えた。だから隙を見て北のスパイが助け出したか、ひょっとすると死んだ浦井を運び出して、秘密裏に処理してしまったのかもしれない」

怪しい黒髪の女も工場内で目撃されたが、その行方に注意を払う余裕もなかった。

「とにかく捜査官が少なくて、しかもそのうちの一人が裏切者だったから、その場にいたスパイたちを全員取り逃がしてしまったんだ」

瀧嶋は足を撃たれて負傷していたので、黒いTシャツの男を捕まえることができなかった。あの夜がオリンピックの開会式の日でなかったら、結果はまったく違うものになっていたはずだった。そのオリンピックも既に閉会し、桐野の内閣サイバーセキュリティセンターへの特任派遣も間もなく解けるはずだった。

今夜の美乃里は、背中が開いた花柄のワンピースを着ていた。髪はもとの茶色に戻り、ふわふわなカールが掛かっている。

「しかし、美乃里の実家が落ち着いて良かったね」

美乃里の父親の会社は倒産寸前まで追い込まれたが、美乃里が韓国で新たなビジネスチャンスを発掘した。

「本当に何が幸いするかわからないよね。きっかけは韓流アイドルのコンサートだったからね」

美乃里は韓流アイドルのコンサート会場で、あるコスメ会社の女社長と出会った。同じアイドルが好きだということもあり、美乃里はその社長と意気投合した。

「韓国の化粧品が、日本でそんなに人気だなんて知らなかったよ」

Kビューティーと呼ばれる韓国の化粧品は、ここ数年海外で爆発的に売上げを伸ばしていた。

「あの時無理をしてソウルに行っておいてよかったわ」

桐野の心配をよそに美乃里は韓国に行き、そのコスメ会社の商品を日本で独占販売する権利を獲得した。美乃里の父親の会社はもともと細々ながらも輸入化粧品を売っていて、そのための販路は持っていた。

「このジューンハグもその時に知ったからね」

美乃里が飲んでいるのは韓国で開発されたカクテルで、バナナリキュール、メロンリキュール、そしてそこにパイナップルジュースを加えたものだった。美乃里はすっかりそれが気に入ってしまい、それも日本で流行《はや》らせて何かビジネスにならないものかと考えていた。

「まあお互いに一区切りついて、まずはお疲れさんってところかな」

桐野がモヒートのグラスを持ち上げると、美乃里もジューンハグを掲げる。二つのグラスが重なってカチンという音がした。

「ところで良ちゃんは、いつ警察を辞めるの？」

兵頭との約束で桐野は神奈川県警に籍を置いていたが、肝心の兵頭が北のスパイとわかった今、これ以上警察にいる義理はなくなった。父親の死の真相もわかり、桐野も自分の身の振り方を考えないわけではなかった。

「ねえ、良ちゃん。ちょっと前に私にプロポーズしてくれたけど、今でもあれは有効なの？」

「うーん、そうだなー」

美乃里にプロポーズした時と今では状況が違いすぎる。あの時はとにかく美乃里を助けたいという気持ちで一杯だった。

「私はね、まだ二人は若すぎるから、結婚はもう少し先でもいいと思っているの」

「え、そうなの？」

意外な展開に拍子抜けする。てっきり強く結婚を迫られるものと思っていた。

桐野はちょっと美乃里に意地悪をしたくなった。そして悪戯半分に、美乃里の服から覗いている背中の素肌をくすぐるように軽く触った。

「良ちゃんやめて、こんなところで」

美乃里は背中にも性感帯があった。以前とっておきの秘密ということで、桐野に告白してくれたことがあった。

「まあ、俺も今すぐ結婚したいわけじゃないから、美乃里の意見に賛成だよ」

桐野は笑いながらグラスを傾ける。

「それより良ちゃん、警察を辞めてうちの会社に取締役として入らない」

「ええ、美乃里の会社に？」

「急成長中の韓国コスメ事業を、Eコマースで一気に拡大しようと思っているの。良ちゃんがそのEコマース事業を見てくれたら、もう鬼に金棒だと思うのよね」

自信満々に美乃里は言った。それ程までに、韓国コスメビジネスは順調らしい。

「それはいい考えだと思うけど、社長のお父さんも同じ考えなの？　美乃里がいいと思っても、やっぱり最後は社長だからね」

「ああ、それならば問題ないわ。だって今月からお父さんに代わって、私が社長になったから」

A

有希はいつものように公園のベンチでお弁当を食べていた。

あの夜サングラスの男が運転するバンから逃れて、コンビニではなく駅前の交番に逃げ込んだ。

自分がスパイ行為を行っていて、そのせいで北朝鮮のスパイに命を狙われていることを説明した。しかし対応してくれた中年のお巡りさんは、あまり真剣に取り合ってはくれず、とりあえずパトロールを強化することだけを約束した。

『竜崎が逮捕されました。もう有希さんを狙う奴はいなくなりましたから、安心してください』

しかしその直後、瀧嶋からそんな電話があり有希は胸を撫で下ろした。

それと同時に自分のやったことに罪悪感が芽生えてきた。自分のした行為は明らかにスパイ行為で、日本に何かしらの不利益を与えていたに違いない。

『日本にはスパイ防止法がないですから、スパイ行為自体は犯罪にはなりません。軽い犯罪で逮捕することも可能ですが、いろいろ協力もしてもらったのでそんなことにはならないと思います』

それ以降瀧嶋はもちろん、駅前の交番からも連絡はない。

芦沢部長は自殺してしまったが、会社は何事もなかったかのような日々が続いていた。敢えて変化があったとすれば、同期の美里が付き合っていた彼氏とあっさり結婚を決めたことぐらいだった。

日本のメダルラッシュで東京オリンピックが盛り上がっても、パラリンピックの選手の感動的な涙を見ても、有希は一人取り残されたような疎外感を覚えていた。

その後哉太からよりを戻そうと電話があったが、そんな気持ちは微塵も起きなかった。どうしてそうなってしまったのか。

夜の仕事をして、いろいろな人間を見てしまったからか。

危険だけど刺激的すぎる経験をたくさんしてしまったからか。

しかしきっと一番の原因は、あの男と知り合ってしまったからだろう。

すっかり騙されていたとはいえ、自分はまだ瀧嶋を忘れられないのだと有希は思った。あの男は酷い男で、まさにスパイの中のスパイだった。そして今もどこかで、任務のために女の子を弄んでいるのかもしれない。

そう思うと、なんともやるせない気持ちになる。

竜崎からの収入は途絶えたが、最近妹の病状が安定しているので有希は夜のアルバイトを辞めてもよかった。しかし未だに続けているのは、いつか自分の料理の腕を生かして、小さなお店をやってみたいと思ったからだ。そしてそのための最低限の資金が貯まった。

今日のお弁当はドライカレー弁当。

残暑が厳しいこの時期は、敢えて辛い物を食べて乗り切りたい。

ニンニクを熱いフライパンで炒めていい香りになってきたら、タマネギをしんなりするまで炒《いた》めて挽肉《ひきにく》を入れる。そこにカレーパウダーを入れるのだが、ポイントはその後に入れるガラムマサラだ。

カレーパウダーだけだと普通のカレーの味なのに、このガラムマサラを入れると本場のインドカレーのような絶妙な味わいに変化する。もっと辛いのが食べたい時は、チリペッパーを入れるという手もあった。さらにお弁当箱に、ゆで卵、コーン、ブロッコリー、ミニトマトなどの定番の食材を入れれば、色合いもよくカレーの茶色が一段と映える。

スプーンでご飯とドライカレーを大きく掬《すく》い頬張ると、食欲をそそるスパイスの香りと、タマネギのコクと甘みが口の中いっぱいに広がっていく。

二口目を食べようとスプーンを入れると、どこかでスマホの着信音が鳴っているのに気が付いた。

自分のスマホはハンドバッグの中に入っているが、着信音はそこからではない。

まさかと思いベンチの下を覗くと、黒いスマホが落ちていた。有希はその泣き叫ぶスマホを拾うと、通話ボタンをタップする。

『すいません。また、スマホを落としてしまいまして』

《参考文献》

『サイバーセキュリティレッドチーム実践ガイド』Peter Kim著　竹迫良範、廣田一貴、保要隆明、前田優人、三村聡志、美濃圭佑、八木橋優、渡部裕監訳　マイナビ出版
『図解入門ビジネス　工場・プラントのサイバー攻撃への対策と課題がよ～くわかる本』福田敏博　秀和システム
『情報機関を作る　国際テロから日本を守れ』吉野準　文春新書
『日本人の知らないスパイ活動の全貌』クライン孝子　海竜社
『日本の有事　国はどうする、あなたはどうする？』渡部悦和　ワニブックスPLUS新書
『内閣情報調査室　公安警察、公安調査庁との三つ巴の闘い』今井良　幻冬舎新書
『フェイクニュース　新しい戦略的戦争兵器』一田和樹　角川新書
『「対日工作」の内幕　情報担当官たちの告白』時任兼作　宝島社
『北朝鮮秘密工作部隊の真実』礒野正勝著　上野勝監修　オークラ出版
『朝鮮半島統一後に日本に起こること　韓国人による朝鮮半島論』シンシアリー

扶桑社新書

『別冊宝島2516　脱北者が明かす北朝鮮』　デイリーNKジャパン責任編集　宝島社

『あなたがセキュリティで困っている理由』　辻伸弘　日経BP

『葬送の仕事師たち』　井上理津子　新潮文庫

執筆にあたり、SBテクノロジー株式会社辻伸弘様に、多大なるアドバイスをいただき心から御礼申し上げます。

本書は書き下ろしです。
この物語はフィクションです。作中に同一の名称があった場合でも、
実在する人物・団体、国家等とは一切関係ありません。

宝島社
文庫

スマホを落としただけなのに
戦慄するメガロポリス
（すまほをおとしただけなのに　せんりつするめがろぽりす）

2020年1月23日　第1刷発行
2024年9月24日　第4刷発行

著　者　志駕 晃
発行人　関川 誠
発行所　株式会社 宝島社
〒102-8388　東京都千代田区一番町25番地
電話：営業 03(3234)4621／編集 03(3239)0599
https://tkj.jp
印刷・製本　中央精版印刷株式会社

ISBN 978-4-299-00112-2

の謎解き朝ごはん』シリーズ　好評既刊

『このミステリーがすごい!』大賞は、宝島社の主催する文学賞です（登録第4300532号）

好評発売中!